तकदीर का इन्फिनिट स्क्रॉल

EHSAAS

तकदीर का इन्फिनिट स्क्रॉल

EHSAAS

KALAMOS LITERARY SERVICES LLP

Kalamos Literary Services LLP
Email: info@kalamos.co.in | editorial@kalamos.co.in

First Published in 2026 by

Kalamos Literary Services

ISBN- 978-93-7349-252-0

तकदीर का इन्फिनिट स्क्रॉल

यश वर्धन सिह | रिशू (रितीश पाल) | संविधान (अंकित पाल)

Cover Designed & Typeset in Kalamos Literary Services LLP

Print and bound in India.

अनुक्रमणिका

पाठक के लिए,

यह किसी एक व्यक्ति की कल्पना नहीं ,

बल्कि तीन मित्रों के विचार , श्रम और संवेदनाओं का संगम है।

इस कथा की पहली किरण रिशु की सोच से जन्मी।

उसके विचार ने इस कहानी को दिशा दी —

वह बीज बना, जिससे यह साहित्यिक वृक्ष खड़ा हुआ।

उस विचार को विस्तार और स्वरूप दिया यशवर्धन ने।

उसकी लेखनी ने कथा को संरचना दी,

पात्रों को जीवन दिया

और घटनाओं को प्रवाह।

जब कहानी आकार ले चुकी थी,

तब उसमें आत्मा फूँकी गई

संविधान की शायरी और कविताओं द्वारा ।

इस पुस्तक में प्रयुक्त अधिकांश शायरियाँ

संविधान की मौलिक रचनाएँ हैं —

दिल से निकली हुई,

अनुभव से गढ़ी हुई।

(केवल एक शायरी अपवाद है।)

इस प्रकार,
रितीश का विचार,
यशवर्धन की कथा,
और संविधान की शायरी —
तीनो ने इस किताब को जन्म दिया ।
यह अध्याय किसी एक नाम की प्रशंसा नहीं ,
बल्कि उस साझी जिम्मेदारी का प्रमाण है
जो तीन मित्रों ने मिलकर उठाई।
हमारी कलमें अलग थीं,
पर स्याही एक थी।
हमारे रास्ते अलग थे,
पर मंज़िल एक थी।

सारांश

यह कहानी है ऋत्विक और शर्मिष्ठा की। एक ऐसी मोहब्बत जो किसी फिल्मी गलियों में नहीं, बल्कि इंस्टाग्राम के 'कमेंट सेक्शन' के शोर और ' DM' की खामोशी में शुरू हुई थी।

जब 18 अक्टूबर की उस तपती शाम को ऋत्विक ने एक अजनबी लड़की को "Hii" भेजा था, उसे अंदाज़ा नहीं था कि वह अपनी रूह का एक हिस्सा उसे सौंप रहा है। थर्मोडायनामिक्स के नियमों को पढ़ने वाला लड़का, तक़दीर के लिखे को नहीं पढ़ पाया। एक साल की मुकम्मल मोहब्बत, घंटों की फोन कॉल्स और फिर... एक 'ब्लॉक' बटन की बेरहम खामोशी।

क्या सात साल का 'विंटर' (Winter) खत्म होगा? क्या बर्फ का पहला कतरा पुराने ज़ख्मों को भर पाएगा?

1

द इनफिनिट स्क्रॉल

एक पुरानी कहावत है कि जब तक़दीर दो रूहों को मिलाना चाहती है, तो वह नक्शों को फाड़ देती है और रास्तों को नए सिरे से लिख देती है ताकि वह मिलन मुमकिन हो सके।

“जिदगी एक सफर है; अगर इसे सिर्फ एक मंजिल समझ बैठने की भूल की जाए, तो यह आपकी खुशियों का गला घोंट देती है।”

18 अक्टूबर की उस शाम ने शहर को किसी भारी और गर्म लिहाफ़ की तरह ओढ़ लिया था। वह एक ऐसी दम घुटने वाली तपिश थी जो खाल से चिपक जाती है, जहाँ सांस लेना भी एक जद्दोजहद महसूस होता है। लाइब्रेरी की उस गहरी खामोशी के बीच, ऋत्विक एक हारी हुई जंग लड़ रहा था।

एयर कंडीशनर का एकसुर शोर उन ऊंची कांच की खिड़कियों से रिसती हुई बेहिसाब गर्मी के खिलाफ एक नाकाम कोशिश कर रहा था।

उसे 'थर्मोडायनामिक्स' पढ़ना था—एक ऐसा विषय जो ठंडे कानूनों और तयशुदा नतीजों पर चलता है। लेकिन उसका मन, जो आज कुछ ज़्यादा ही बेचैन और आजाद था, समीकरणों की बेड़ियों में बंधने को तैयार न था। आज उसे 'एंट्रॉपी' के सिद्धांत बहुत निजी महसूस हो रहे थे; हर चीज़ एक बिखराव की ओर बढ़ रही थी, जिसकी शुरुआत खुद उसकी एकाग्रता से हुई थी। उसके भीतर एक अजीब सी, बेनाम नाकामी ने जड़ें जमा ली थीं—एक ऐसा अहसास कि जैसे वह किसी और की लिखावट में लिखी गई ज़िंदगी जी रहा हो। उसने उस भारी किताब को खुद से दूर धकेल दिया।

यूं ही अचानक, उसने एक नई नोटबुक खोली। उसके कोरे पन्ने ऋत्विक के उलझे हुए ख्यालों के बिल्कुल उलट थे। वह एक कहानी लिखना चाहता था, एक ऐसी दुनिया बनाना चाहता था जो उसकी असल ज़िंदगी से कहीं ज़्यादा मायने रखती हो, पर अल्फाज़ नहीं आए। उसका तसव्वुर , जो आमतौर पर एक हरा-भरा जंगल हुआ करता था, आज किसी बंजर रेगिस्तान जैसा लग रहा था। उसने एक मिनट तक उस अकेले, अधूरे जुमले

को घूरा और फिर एक ठंडी आह भरते हुए नोटबुक बंद कर दी। वह खुद को एक ऐसे जहाज की तरह महसूस कर रहा था जिसके पास न कोई नक्शा था, न हवा और न ही कोई साहिल।

"मायूसी के इन खामोश लम्हों में, हमेशा एक रास्ता होता था। एक झरोखा।"

उसने अपना फोन निकाला। स्क्रीन की वह ठंडी नीली-सफेद रोशनी उस शाम की उदास नारंगी रंगत के बीच एक राहत की तरह थी। अंगूठे के एक अभ्यस्त स्वाइप के साथ, उसने उस 'इनफिनिट स्क्रॉल में गोता लगा दिया—एक ऐसी डिजिटल नदी जो पंद्रह सेकंड के भटकावों का अंतहीन सिलसिला बहाए जा रही थी। वह कुछ खास नहीं ढूंढ रहा था; बस खुद को उस एल्गोरिदम के हवाले कर दिया था, जैसे कोई मुसाफिर बिना किसी मंजिल के सफर पर निकल पड़ा हो।

दर्जनों वीडियो देखने के बाद, वह एक कॉमेडी स्केच पर रुक गया।

पर उसकी नज़रें वीडियो पर नहीं, बल्कि नीचे कमेंट सेक्शन की अफरा-तफरी पर टिकी थीं। वह एक डिजिटल शोर था—तारीफों और

फूहड़ जुमलों का एक समंदर। लेकिन फिर, उस शोर के बीच, एक कमेंट ने उसका ध्यान खींचा|

लड़की -: *अगर कोई ये गाना गाड़ी में चलाए तो मैं उससे शादी कर लूं।*

बिना सोचे-समझे, ऋत्विक उस बहस का हिस्सा बन गया। उसने भी उसी अंदाज़ में एक जवाब टाइप किया।

ऋत्विक-: फिर तो तलाश पूरी हुई।

लड़की-: पर मै तो बंगाली हु।

ऋत्विक-: मुझे मंजूर है देवी।

लड़की-: मै काला जादू करदी तो?

ऋत्विक-: अब आप जो करोगी वो सब हमे मंजूर है प्राण प्रिये।

लड़की-: बस करिए हमें शर्म आ रही है।

ऋत्विक-: शर्म तो स्त्री का गहना होता है देवी अब आप और भी मनमोहक लगोगी।

अगले ही पल, स्क्रीन जल उठी। एक रिप्लाई आया था। वह बस एक हंसता हुआ इमोजी था, एक पल की पहचान, और फिर वह लड़की भीड़ में कहीं ओझल हो गई। लेकिन एक चिगारी सुलग चुकी थी। एक बेचैन कर देने वाली जिज्ञासा, आखिर वह थी कौन? उसने उसकी प्रोफाइल पिक्चर पर टैप किया और वह कायनात, जो कुछ पल पहले इतनी विशाल और खाली लग रही थी, अचानक उसके हाथ में मौजूद 5.8 इंच की स्क्रीन में सिमट आई।

पहली तस्वीर को देखकर वह मोहित हो गया| वह एक बालकनी पर खड़ी थी, अपनी बेसाख्ता हंसी के एक खूबसूरत लम्हे में कैद। वह महज एक मुस्कुराहट नहीं थी; वह रूह का एक इज़हार था। ढलते सूरज की किरणें उसके काले बालों में सोने के धागों की तरह उलझी हुई थीं। उसने स्वाइप किया। अगली तस्वीर कुछ खामोश और संजीदा थी। उसने गौर किया कि उसकी आंखें झील जैसी थीं। उनमें पूरी आकाशगंगाएं सिमटी हुई थीं, जिनमें रहस्य की गहराई भी थी और सुकून का वादा भी। उसे एक अजीब सा, बेकाबू अहसास हुआ कि वह उसे अपने दिल के सारे राज़ बता दे।

वह मंत्रमुग्ध होकर देखता रहा| यह सिर्फ उसकी खूबसूरती नहीं थी, जो यकीनन बेमिसाल थी। वह तो उसकी सादगी और असलियत थी जो हर पिक्सेल से छलक रही थी। बनावटी चेहरों की इस दुनिया में, वह 'सच्ची' लग रही थी। और फिर उसने देखा: उसके ऊपरी होंठ के पास एक छोटा सा, गहरा तिल। वह एक छोटा सा 'नुक़्स' उसकी खूबसूरती को सिर्फ तारीफ के काबिल ही नहीं, बल्कि दिलकश हद तक अमानवीय बना रहा था।

थर्मोडायनामिक्स के नियम उसके ज़हन से मिट गए थे। उसकी अधूरी कहानी, उसकी वह बेनाम बेज़ारी, वह दिन भर की तपिश—सब कुछ धुंधला गया। उस लम्हे में, बस एक अनकहा, बिजली सा दौड़ता हुआ रिश्ता था उस चेहरे से जिसे उसने कभी देखा नहीं था, एक ऐसी रूह जिससे उसे अपनी पुरानी शनासाई (जान-पहचान) महसूस हुई। कांपते हुए हाथों से वह उसके 'DM' (डायरेक्ट मैसेज) तक पहुँचा। उसका दिमाग एक बेहतरीन, दिलकश ओपनिग लाइन ढूंढ रहा था.... पर हिम्मत ने जवाब दे दिया। उसने सबसे सादा लफ्ज़ टाइप किया जो वह सोच सकता था।

"Hii"

उसने 'सेंड' दबा दिया। वह एक शब्द उन दोनों के बीच के डिजिटल खालीपन में तैरने लगा। जैसे ही उसने यह किया, एक नरम आवाज़ ने उसके इस ख्याल को तोड़ा।

"बेटा? लाइब्रेरी बंद होने का वक्त हो गया है।"

ऋत्विक ने चौंक कर ऊपर देखा, बुजुर्ग लाइब्रेरियन की आंखों में हकीकत की दुनिया वापस लौट आई—पुरानी किताबों की महक, एसी की आवाज़, और अधूरी पढ़ाई का बोझ। वह तो बस लाइब्रेरी में बैठा एक छात्र था, जो पागलों की तरह अपना फोन ताक रहा था। उसकी गर्दन पर शर्म की एक लाली दौड़ गई जब उसने जल्दी-जल्दी अपना बैग पैक किया; उसकी मुस्कुराहट का अक्स अभी भी उसकी आंखों के सामने था।

घर तक का साइकिल का सफर बिल्कुल यांत्रिक था, उसके पैर जाने-पहचाने रास्तों पर चल रहे थे जबकि ज़हन उसके चेहरे की एक-एक बारीकियत को दोहरा रहा था। वह दोस्तों से मिला, बातें कीं, अपनी शाम गुज़ारी, जैसे वह खास लम्हा आम ज़िंदगी के नीचे दबने ही वाला हो।

कोई लम्हा कमेंट्स में अनजाने मिल गए,
बातों का एक सिलसिला फिर खामोश हो गया।
वो लड़की भी कहीं अपने ख़्वाबों में मुतमाईन
मैं भी अपनी राहों पे बस यूँ ही खो गया।
फिर कभी यादों में वो मुलाक़ात आ जाती है,
एक अनकहा सा रिश्ता फिर मुस्कुरा जाती है।
- संविधान

बाद में, अपने कमरे की तन्हाई और खामोशी के बीच, वह अंधेरे में लेटा था। उसने सिर्फ अलार्म लगाने के लिए फोन उठाया और फिर उसे वह दिखा।

उसका दिल एक पल को थमा, और फिर एक तेज़ उम्मीद भरी धड़कन के साथ धड़कने लगा। उसने नोटिफिकेशन पर टैप किया। स्क्रीन के ऊपर उसका नाम चमक रहा था। और उसके नीचे, उसका जवाब अंधेरे में जगमगा रहा था।

"वहां बहुत बोल रहे थे, अब बताओ।"

उस कमरे की खामोशी में, एक ऐसी बातचीत शुरू हुई जो जल्द ही उसकी ज़िदगी की सबसे गूंजती हुई आवाज़ बनने वाली थी।

अचानक आए एहसास की तरह,
एक नज़र से दिल धड़कने लगे।
वो पल जो अनजाने में पास आ गया,
वो लम्हा जो जिदगी बना गया।
- संविधान

2

एक नाम और एक चेहरा

"मोहब्बत के भूगोल में, शुरुआती मील के पत्थर कोई जगह नहीं होते, बल्कि वे साथ में हँसे गए मज़ाक, आधी रात के इक़रार और वह नाम होता है जो घर जैसा महसूस होने लगे।"

ऋत्विक का कमरा आधी रात के सन्नाटे में डूबा था, लेकिन उसका ज़हन किसी दहकती हुई भट्टी की तरह सक्रिय था। स्क्रीन पर लिखे शब्द एक चुनौती की तरह थे, एक शरारती ललकार जिसने उसकी रगों में एड्रीनलीन की एक लहर दौड़ा दी थी। एक वीडियो पर किए गए एक मामूली से कमेंट ने उसे यहाँ पहुँचा दिया था—एक ऐसी गुफ़्तगू के बीच जो उसकी पूरे दिन

की हकीक़त से कहीं ज़्यादा सच्ची लग रही थी। वह जानता था कि उसका जवाब सादा नहीं हो सकता; इसे उस वार के बराबर का ही होना चाहिए।

उसने टाइप किया, मिटाया, और फिर टाइप किया; उसके चेहरे पर एक धीमी मुस्कान फैल गई।

"कहने को तो बहुत कुछ है," उसने लिखा।

"मगर डर है कि तुम्हारे पास सुनने की फुर्सत न हो।"

उसका जवाब फौरन आया, जैसे कोई सधा हुआ पलटवार हो।

"तुम बस शुरुआत करो," उसने लिखा। **"फुर्सत मैं खुद तराश लूँगी।"**

यह एक रक्स जैसा महसूस हो रहा था, एक ऐसी लय जिसे वे दोनों कुदरती तौर पर जानते थे। यह सिर्फ छेड़खानी नहीं थी; यह दो ज़हनों का मिलन था। एक गहरी सांस लेकर उसने गुमनामी की उस खाई पर पहला पुल बनाने का फैसला किया। "खैर, आगाज़ के लिए बता दूँ," उसने टाइप किया, "कि **बहुत कुछ कहने वाले इस लड़के का नाम ऋत्विक है। और उसकी बात किससे हो रही है...?"**

वह स्क्रीन को ताकता रहा, उसका दिल पसलियों के पीछे एक बेचैन धुन छेड़ रहा था। वह ठहराव उसे अनंत लगा। और फिर, वह जवाब आया जिसने सब कुछ बदल दिया।

"शर्मिष्ठा। शर्मिष्ठा भट्टाचार्य।"

उसने धीरे से उस नाम को दोहराया।

शर्मिष्ठा।

इसमें एक शास्त्रीय, मधुर गरिमा थी जिसके साथ जैसे अपना एक इतिहास जुड़ा हो। यह एक वज़नी नाम था, जिसमें शायरी जैसा एहसास था। अचानक, कमेंट सेक्शन का वह मजाकिया और गुमनाम चेहरा जैसे ज़मीन पर उतर आया हो। अब वह डिजिटल अंधेरे में चमकती सिर्फ एक चिगारी नहीं थी; वह एक इंसान थी, और उसका नाम उसकी रूह का वह पहला टुकड़ा था जो उसने ऋत्विक को सौंपा था।

वह पहली रात महज़ एक बातचीत नहीं थी; वह एक 'दरयाफ़्त' (discovery) थी। वे दो नक्शा-नवीस (cartographers) थे, जो एक-दूसरे के दिमाग के अनछुए इलाकों को धीरे -धीरे टटोल रहे थे।

उन्हें जगजीत सिह की ग़ज़लों के उस 'मलाल' में एक साझा जुड़ाव मिला और इस बात पर दोनों का यकीन था कि 'रोड ट्रिप' से बेहतर कोई सुकून नहीं है। उनकी चैट विडो, जो कभी खाली थी, अब ख्या लों, सपनों और ठहाकों के एक रंगीन मोजैक से भरने लगी थी।

यह शुरुआती खोज जल्द ही एक रोज़ाना के इबादत जैसी बन गई। उनकी चैट एक पाक जगह बन गई थी, एक ऐसी दुनिया जिस पर थर्मोडायनामिक्स के दबाव और भविष्य की चिताओं का कोई असर नहीं होता था। उसकी तरफ से आया एक "गुड मॉर्निंग" का मैसेज ऋत्विक के दिन की असली शुरुआत होता। लंच ब्रेक के दौरान उसका भेजा हुआ कोई मजाकिया मीम, एक खामोश इशारा होता कि "मैं तुम्हारे बारे में सोच रहा हूँ।" उनकी रातें ज़िदगी की उलझनों को सुलझाने में गुज़रतीं, और बातें इतनी देर तक चलतीं कि चाँद कब सू रज को अपनी जगह सौंप देता, उन्हें पता भी न चलता।

और उनके जुड़ाव की बुनियाद और मज़बूत हो गई। एक शाम, अपने डरों और ख्वाहिशों के बारे में एक बेहद गहरी बातचीत के बाद, उसने वह

सवाल किया जिसने ऋत्विक की दुनिया को एक साथ फैला भी दिया और सिकोड़ भी दिया।

"मैं सोच रही थी... तुम दिखते कैसे हो?"

उसके सीने में एक तेज़ घबराहट उठी। एक बेजान तस्वीर उन हज़ारों अल्फ़ाज़ और जज्बातों को खुद में कैसे समेट सकती थी जो उन्होंने अब तक बुने थे? उसे लगा कि एक फोटो उस इंसान का बहुत ही कमज़ोर अनुवाद होगी, जो वह शर्मिष्ठा के साथ बातचीत में बनता जा रहा था। उसने अपने फोन की गैलरी में पागलों की तरह फोटो ढूँढीं, पर हर तस्वीर उसे पराई लगी। उसके चेहरे वाला कोई अजनबी।

इससे पहले कि वह हार मानकर कह देता कि उसके पास कोई अच्छी फोटो नहीं है, उसे एक पारिवारिक समारोह की तस्वीर मिली। वह दाईं ओर खड़ा था, उसके चेहरे पर एक दुर्लभ और सच्ची मुस्कान थी। उसके बगल में उसकी बहन (cousin) एक अजीब सा मजाकिया चेहरा बना रही थी।

अचानक ऋत्विक के मन में एक शरारत सूझी। यह एक जोखिम था, लेकिन उनका पूरा रिश्ता ही तो एक जैसे **'सेंस ऑफ ह्यूमर'** पर टिका था। उसने फोटो अटैच कर दी।

"बाईं तरफ वाली," उसने टाइप किया और सेंड दबा दिया।

उसके बाद का सन्नाटा डरावना था। उसे लगा जैसे वह उसकी पलकें झपकने की आवाज़ भी सुन सकता है। फिर उसका जवाब आया, जिसमें ज़ाहिर तौर पर एक गहरा सदमा छिपा था।

"तुम एक लड़की हो???"

ऋत्विक के भीतर राहत की एक हंसी दौड़ गई। "बस मज़ाक कर रहा था!" उसने उंगलियां चलाते हुए लिखा। "मैं दाईं तरफ वाला हैंडसम लड़का हूँ।"

उसने सांस रोककर इंतज़ार किया। वे 'तीन डॉट्स' आए, गायब हुए और फिर आए। वह उसकी ज़िंदगी का सबसे लंबा सेकंड था। आखिरकार, उसका पैगाम आया।

"हाहा, तुम बहुत पागल हो और बहुत प्यारे (adorable) भी।

'प्यारे'। यह शब्द उसके सीने में एक धमाके की तरह गूँजा। यह शर्मिष्ठा की दुनिया से उसके जिस्मानी वजूद की ओर बनाया गया पहला पुल था। यह सिर्फ उसके दिमाग की नहीं, बल्कि उसके चेहरे, उसकी मुस्कान की भी स्वीकारोक्ति थी। उसने उस शब्द को बार-बार पढ़ा। वह एक छोटी सी

तारीफ उसे किसी भी अकादमिक कामयाबी या माता-पिता की शाबाशी से कहीं ज़्यादा कीमती लगी।

उस दिन के बाद से, औपचारिकता की आखिरी दीवार भी गिर गई।

आने वाले दिनों में उनकी चैट उनकी साझा ज़िंदगी की एक 'ज़िंदा डायरी' बन गई। वे हर छोटी-बड़ी बात करते, सुबह की चाय का स्वाद, किसी मुश्किल दिन की झुंझलाहट, और भविष्य के लिए दबी हुई उम्मीदें। उसे पता चला कि ध्यान लगाते वक्त वह गुनगुनाती है और उसे 90 के दशक के बॉलीवुड की कमाल की जानकारी है। उसे पता चला कि ऋत्विक को खाना बनाने में काफ़ी रुचि है और उसका एक खामोश सपना है कि वह एक दिन फिटनेस इन्फ्लुएंसर और ट्रैवल व्लॉगर बने।

अब यह डिजिटल रिश्ता उसकी ज़िंदगी का हिस्सा मात्र नहीं था; यह उसकी कहानी का मुख्य किरदार बनता जा रहा था। इस बात का एहसास उसे जून की एक तपती दोपहर में हुआ।

ऋत्विक अपने गाँव में एक पारिवारिक समारोह में था, जहाँ शहनाई का शोर, रिश्तेदारों की गपशप और हवा में घुली जलेबियों की चाशनी के बीच वह खुद को बेबस महसूस कर रहा था। सूरज की बेरहम गर्मी उसे

झुलसा रही थी, और उसे उन भले रिश्तेदारों के अंतहीन सवालों के बीच घुटन महसूस हो रही थी। वह सामाजिक बंधनों के एक टापू पर फंसा हुआ था।

तभी, उसकी जेब में कंपन हुआ।

उसने फोन निकाला और उसका नाम देखते ही उसे ऐसा लगा जैसे किसी ने डूबते हुए को सहारा दिया हो।

"फैमिली समारोह मे ज़िदा बचे हो?" उसने पूछा था।

बनावटी मुस्कान की जगह उसके चेहरे पर एक असली चमक आ गई। उसने पंडाल के पीछे एक शांत कोना ढूँढा और टाइप करना शुरू किया, जैसे-जैसे वे बातें करते गए, उसके इर्द-गिर्द सुकून का एक घेरा सा बन गया। समारोह का शोर एक दूर की धुंधली आवाज़ बनकर रह गया। वह दम घोंटने वाली गर्मी जैसे कहीं उड़ गई। वह अब किसी धूल भरे गाँव के आंगन में नहीं था; वह उसके साथ था, **उस निजी और मुकम्मल दुनिया में जो उन्होंने मिलकर बनाई थी।**

उसे लगा जैसे अभी कुछ ही मिनट बीते होंगे कि उसके पिता की आवाज़ ने उसका ध्यान तोड़ा, चलने का वक्त हो गया था। ऋत्विक ने हैरान होकर घड़ी देखी। तीन घंटे बिना किसी निशान के गायब हो चुके थे।

जैसे ही वह कार की ओर बढ़ा, ढलते सूरज ने आसमान को नारंगी और बैंगनी रंगों से सराबोर कर दिया था। ऋत्विक को एक गहरा एहसास हुआ। **शर्मिष्ठा उसकी स्क्रीन पर चमकता महज़ एक नाम नहीं थी। वह वह इंसान थी जो तीन घंटों को तीन मिनट जैसा महसूस करा सकती थी।** वह उसके शोर-शराबे के बीच का सुकून थी। वह अब सिर्फ उसे पसंद नहीं कर रहा था। वह उससे कहीं आगे निकल चुका था।

उसे प्यार हो गया था।

एक ऐसा प्यार जो शायद थोड़ा अजीब था और थोड़ा दिलचस्प भी।

"इश्क़ अक्सर किसी गरजते हुए तूफान की तरह नहीं आता, बल्कि इस खामोश अहसास के साथ आता है कि शोर से भरी इस दुनिया में किसी एक शख्स की आवाज़ ही आपका इकलौता सहारा बन गई है।"

3

एक आवाज़ का सुकून

"लगाव से इक़रार तक का आखिरी कदम अक्सर खुशी की तलाश में नहीं, बल्कि खो देने के डर से बचने के लिए उठाया जाता है।"

उनके रिश्ते के मौसम अब करवट ले चुके थे।

पहली बातचीत के उस झिझक भरे 'वसंत' से शुरू हुआ यह सफर, साझा हंसी और अंतहीन बातों की तपती गर्मियों से गुज़र चुका था। और अब, शर्मिष्ठा के दिल में एक गहरी और खामोश 'यकीन' वाली पतझड़ उतर आई थी। **उसे प्यार हो गया था**। यह एक ऐसी हकीकत थी, जो उसके पैरों के नीचे की ज़मीन की तरह ठोस और सच्ची थी।

वह जानती थी कि ऋत्विक भी उसी मोड़ पर खड़ा है। ऋत्विक का प्यार बड़े-बड़े दावों में नहीं, बल्कि उसकी परवाह की उस खूबसूरत और अनकही ज़ुबान में था, वह उसकी बताई हुई हफ़्तों पुरानी छोटी-छोटी बातों को याद रखने में था, उसकी बुरी यादों को सुनने के लिए रातों को जागने में था, और उसके उन 'गुड मॉर्निंग' मैसेजेस में था जो ठीक उसी पल आते जब शर्मिष्ठा की आँख खुलती। **"आई लव यू"** जैसे शब्द भले ही न कहे गए हों, पर उनका अहसास हर बात में मौजूद था, जो शर्मिष्ठा के दिल पर एक मीठा सा दबाव बनाए रखता था।

लेकिन प्यार, जैसा कि वह समझ रही थी, मुकम्मल यकीन चाहता था। वह एक 'नाम' का प्यासा था। वह खुद को इंतज़ार करते हुए पाती, इस उम्मीद में कि ऋत्विक उनके बीच के उस आखिरी फासले को मिटा दे और उस सच को आवाज़ दे दे जो खामोशी में इतनी ज़ोर से गूँज रहा था।

जैसे-जैसे दिन बीतते गए, एक खामोश सी बेचैनी पनपने लगी। उसने एक 'मास्टरप्लान' बनाया—थोड़ा जोखिम भरा, थोड़ा बेरहम, पर ज़रूरी। उसने तय किया कि वह एक ऐसा सन्नाटा पैदा करेगी जो ऋत्विक को बोलने पर मजबूर कर दे।

उस रात, ऋत्विक की दुनिया की लय बिगड़ गई।

वह अपने फोन को ताकते हुए बैठा था, स्क्रीन की रोशनी उसके अंधेरे कमरे में उसके परेशान चेहरे को उजागर कर रही थी।

रात के 10:00 बजे, फिर 10:15 और फिर 10:30|

उनका ख्याल भी एक रिवायत है,
हकीकत भी मेरा मजाक उड़ाती है,
उनके इंतजार में कैसा जादू है ,
अब मुझे गाड़ी की टिक – टिक भी साफ समझ आती है।
- संविधान

शर्मिष्ठा की चैट विंडो खाली थी। ऋत्विक के पेट में घबराहट की एक ठंडी गांठ सी बंधने लगी। महीनों से, बिना किसी चूक के, उसका पहला मैसेज इस वक्त तक आ जाता था। उनकी बातचीत वह सुकून भरी धुन थी जिस पर उसके दिन का अंत होता था। आज रात, वहाँ सिर्फ एक डरावनी और असामान्य ख़ामोशी थी।

उसका दिमाग, जो ऐसे वक्त में अक्सर दुश्मन बन जाता है, हज़ारों डरावनी कल्पनाएं बुनने लगा। उसने उन्हें बेतुका समझकर टालने की

कोशिश की, पर वह डर बढ़ता ही गया। आखिरकार, अनहोनी के बोझ को न सहते हुए, उसके अंगूठे स्क्रीन पर दौड़ पड़े। उसका मैसेज घबराहट की एक चीख जैसा था।

"क्या हुआ सैम, तुम ठीक तो हो?"

उसने उसके निकनेम का इस्तेमाल किया, जो उस खालीपन में भेजी गई एक छोटी सी गुज़ारिश थी। फिर, उसने इंतज़ार किया। गुज़रता हुआ हर सेकंड एक नई अज़ियत था। वह स्क्रीन को घूरता रहा, इस उम्मीद में कि उसका नाम चमके, या वे 'तीन डॉट्स' उसके ज़िंदा होने का कोई संकेत दें।

कुछ मिनटों बाद—जो उसे एक सदी जैसे लगे—उसका जवाब आया। राहत की एक ऐसी लहर ऋत्विक के भीतर उठी कि उसे अपना सिर हल्का महसूस होने लगा। वह ठीक थी। उसने उसके शब्दों को एक ही सांस में पढ़ लिया।

"हाँ, मैं ठीक हूँ, पर हम बात नहीं कर सकते क्योंकि मुझे अपनी 10वीं की बोर्ड परीक्षा के लिए पढ़ना है।"

राहत की उस लहर का पीछा एक ठंडी सिहरन ने किया। 'इम्तिहान'। यह एक बेहद तार्किक और समझ में आने वाली वजह थी। एक ऐसी दीवार,

जिससे वह बहस भी नहीं कर सकता था। उससे बात न कर पाना, एक रात नहीं बल्कि कई दिनों या हफ़्तों तक—यह ख्याल ही उसे डराने लगा। शर्मिष्ठा का प्लान काम कर रहा था, वह उसके सुकून की बुनियाद को हिला चुका था।

मैसेज भेजते समय शर्मिष्ठा ने अपनी सांसें रोक ली थीं, उसे हल्का सा पछतावा भी हुआ पर उसे इस अंजाम तक पहुँचना था। अगले तीन दिनों तक, वह एक साये की तरह गायब रही। उसने अपने नोटिफिकेशन्स बंद कर दिए और खुद को फोन उठाने से रोके रखा।

ऋत्विक के लिए वे तीन दिन किसी दमघोंटू सज़ा जैसे थे। दुनिया का रंग उड़ गया था, खाने में कोई स्वाद नहीं था, दोस्तों के मज़ाक बेमानी शोर लग रहे थे, और नींद में भी कोई चैन नहीं था। उसे सचमुच ऐसा महसूस हो रहा था जैसे उसके गले के चारों ओर एक रस्सी लिपटी है, और हर बीतते घंटे के साथ उसकी पकड़ और मज़बूत होती जा रही है। वह उन तमाम शब्दों से घुट रहा था जो उसने कभी कहे नहीं थे।

तीसरी रात तक शर्मिष्ठा की हालत भी खराब हो गई। उसका इरादा डगमगाने लगा, जिसकी जगह एक डर ने ले ली थी। क्या उसका अंदाज़ा

गलत था? क्या उसने उसे हमेशा के लिए दूर कर दिया? क्या उसके इस खेल ने कुछ ऐसा तोड़ दिया है जो कभी जुड़ नहीं पाएगा?

उसके इन शकों का जवाब उसके तकिए के पास रखे फोन के अचानक हुए कंपन ने दे दिया। स्क्रीन पर ऋत्विक का नाम जगमगा रहा था। यह कोई मैसेज नहीं था।

यह एक 'कॉल' थी।

कांपते हाथों से उसने फोन उठाया, उसका दिल सीने में ज़ोरों से धड़क रहा था।

सन्नाटा!

फिर, दूसरी तरफ से एक उखड़ी हुई, भारी सांसों की आवाज़ आई।

"हेलो," ऋत्विक हाँफते हुए बोला, उसकी आवाज़ इतनी कमज़ोर थी जैसे वह मीलों दौड़ कर आया हो।

"हाय," उसने धीरे से जवाब दिया, उसकी अपनी आवाज़ भी किसी फुसफुसाहट से कम न थी।

उसे सुनना—इतने दिनों की जानलेवा खामोशी के बाद उसकी असल आवाज़ को सुनना—ऋत्विक के सब्र का आखिरी बांध तोड़ गया। उसकी

झिझक और संकोच की सारी दीवारें ढह गईं। कोई योजना नहीं थी, कोई सजा-धजा भाषण नहीं था। बस एक कच्चा, अटल सच था जो उसकी रूह की गहराइयों से निकल रहा था।

"मैं तुमसे प्यार करता हूँ, शर्मिष्ठा।"

वे शब्द बिना किसी तैयारी के, बिना किसी बनावट के, बिल्कुल सीधे उसके दिल से निकले थे। वह सांस लेने के लिए भी नहीं रुका, जैसे उसे सब कुछ समझा देने की जल्दी हो।

"मैं जानता हूँ हमें बात करते हुए सिर्फ कुछ ही महीने हुए हैं और शायद यह बहुत जल्दी है, पर मैं सच में तुमसे बहुत प्यार करता हूँ," उसने कहा, उसकी आवाज़ भावनाओं के बोझ से भारी हो रही थी। "और मैं हमेशा तुमसे प्यार करूँगा। सच में।"

लाइन के दूसरी तरफ, शर्मिष्ठा ने अपनी आँखें मूँद लीं, और राहत की उस मीठी लहर को खुद में उतरने दिया। उसका प्लान काम कर गया था। उसके गले की वह दमघोंटू रस्सी अब ढीली पड़ गई थी, और वैसी ही एक रस्सी उसके अपने दिल से भी खुल गई थी। आखिर वह सन्नाटा भर गया था।

वह एक पल के लिए उलझन में थी कि इतने मासूम और सच्चे इक़रार का क्या जवाब दे। पर फिर उसे अहसास हुआ कि अब सिर्फ 'सच' ही आगे का रास्ता है।

"ऋत्विक," उसने शुरुआत की, एक हल्की सी हंसी उसकी आँखों से आंसू बनकर छलक पड़ी। "मुझे तुम्हें कुछ बताना है। यह सब एक प्लान था। ये पिछले कुछ दिन... मेरा बात न करना... मैं बस... मैं और इंतज़ार नहीं कर सकती थी। मुझे तुम्हारे मुँह से यह सुनना था।" एक आंसू जिसे वह रोक रही थी, उसके गाल पर फिसल गया। **"क्योंकि, मैं भी तुमसे प्यार करती हूँ।"**

वह एक पल के लिए खामोश हो गया, उसके शब्दों को समझने की कोशिश करने लगा। फिर, उसने एक लंबी, गहरी और कँपकँपाती हुई सांस ली—एक ऐसे आदमी की तरह जो बहुत देर तक पानी के नीचे रहा हो और आखिरकार सतह पर आकर सांस ली हो।

उस फोन कॉल में, चाँद की खामोश गवाही के बीच, उन्होंने सब कुछ कह दिया। वह खेल, वह डर, वह इंतज़ार, और वह गहरा, अटूट प्यार जिसने इन सबको थाम रखा था। उन्होंने एक वादा किया—किसी कहानी

वाले खोखले रोमांस से नहीं, बल्कि दो ऐसी रूहों की पूरी ईमानदारी के साथ जिन्होंने एक-दूसरे को पा लिया था। वे साथ रहेंगे, हमेशा।

"उन तमाम शब्दों के बीच जो उन्होंने अब तक साझा किए थे, उनकी कहानी की असली शुरुआत उन तीन शब्दों से हुई जिन्हें कहने से वे सबसे ज़्यादा डरते थे।"

मुझपर फितूर तेरा रहता है
सांसों की माला पर नाम तेरा रहता है
मुझमें और गैरो में फर्क करो
अब तुम शब्दों का तर्ज करो
चलो तुम भी कुछ अर्ज करो।
- संविधान

4

हमराही

"सबसे गहरे रिश्ते नए रोमांस के जोश और उतावलेपन पर नहीं, बल्कि रूह की पुरानी दरारों को भरने के उस खामोश और मुस्तकिल काम पर टिके होते हैं।"

वह इक़रार किसी ताले में लगी चाबी की तरह था। दरवाज़ा खुला तो कोई शोर-शराबे वाली महफ़िल नहीं मिली, बल्कि एक ऐसा पुरसुकून और धूप से खिला हुआ कमरा मिला जिसकी तलाश वे दोनों शायद अपनी पूरी ज़िंदगी से कर रहे थे।

ऋत्विक के लिए यह एक बहुत ही गहरा और हैरान कर देने वाला खुलासा था। उसने हमेशा प्यार को एक सुरक्षित फासले से देखा था; उसके

लिए आसपास के रिश्ते किसी ड्रामे की तरह थे—उतार-चढ़ाव और बेचैनियों से भरे हुए। उसने अपनी जज्बाती ज़िदगी 'खुदमुख्तारी' की बुनियाद पर खड़ी की थी, इस यकीन के साथ कि रिश्ता एक ऐसी उलझन है जिसकी उसे न ज़रूरत थी, न चाहत। लेकिन यह... यह कोई उलझन नहीं थी, यह तो एक **'स्पष्टता'** थी।

शर्मिष्ठा के साथ उसे अपनी आज़ादी छिनती हुई नहीं, बल्कि अपनी रूह फैलती हुई महसूस हुई। यह अहसास उतना ही शांत और ज़रूरी था जितना कि सांस लेना।

शर्मिष्ठा के लिए यह अहसास कोई हैरानी नहीं, बल्कि एक 'मंज़िल' पर पहुँचने जैसा था। बचपन से ही वह अपने माता-पिता की शादी को धीरे-धीरे बिखरते और खोखला होते देख रही थी। उनका घर कोई चीखने-चिल्लाने वाली जगह नहीं था, बल्कि वहाँ एक अजीब सी मुस्तकिल खामोश ठंडक छाई रहती थी—**जहाँ गर्माहट की कमी थी** और अनकही कड़वाहटें हवा को जमा देती थीं। उसकी माँ, जो खुद अपनी नाखुश ज़िदगी में खोई रहती थीं, कभी वह सुकून नहीं दे पाईं जिसकी शर्मिष्ठा को तलब थी और इसीलिए, उसने खुद अपनी पनाहगाहें बनाना सीख लिया था।

ऋत्विक की मुस्तकिल परवाह में, उसके अटूट ध्यान में और उसके सुनने के उस नरम अंदाज़ में, शर्मिष्ठा को वह जज्बाती सहारा मिला जिसे वह हमेशा से खुद के लिए तलाश रही थी। ऋत्विक सिर्फ वह लड़का नहीं था जिससे वह प्यार करती थी; वह तो वह सुकून था जिससे उसे अब तक महरूम रखा गया था, वह महफ़ूज़ साहिल था जिसे उसने अपनी तन्हाइयों से तराशा था।

उस इक़रार ने कोई आग नहीं लगाई; उसने बस उन्हें इतना सहज बना दिया कि वे उस गर्माहट को महसूस कर सकें जो पहले से ही वहाँ मौजूद थी। उनकी बातें, जो पहले लंबी हुआ करती थीं, अब बेइंतहा हो गईं। फोन कॉल अब और देर रात तक खिंचने लगे, जिनमें सिर्फ दिन भर की बातें नहीं, बल्कि उनके वजूद की परतें खुलती थीं।

ऋत्विक उसे लेखक बनने के उस खामोश सपने के बारे में बताता, जिसे उसने खुद से भी मुश्किल से ही कुबूल किया था। वह अपनी नाकामयाबी के डरों को उसके सामने रखती—वह कमज़ोरी जो उसने कभी किसी को नहीं दिखाई थी। वे सिर्फ अपनी ज़िदगी साझा नहीं कर रहे थे; वे अपने 'नक्शे'

साझा कर रहे थे—अपने पुराने ज़ख्मों के धुंधले निशान और अपने भविष्य के सपनों के चमकते हुए खाके।

दिन बीतते गए और महीने एक-दूसरे में सिमटते गए।

नए प्यार की वह शुरुआती घबराहट अब एक गहरी और गूँजती हुई लय में बदल चुकी थी। वे लफ़्ज़ों के सही मायनों में एक -दूसरे के 'हमसफर' बन गए थे, उनकी ज़िंदगी हज़ारों छोटे और अहम तरीकों से आपस में गुंथ गई थी। वे एक टीम थे।

जब किसी परीक्षा में कम नंबर आने पर ऋत्विक टूट जाता, तो शर्मिष्ठा सिर्फ हमदर्दी नहीं जताती थी; वह घंटों उसके साथ फोन पर रहती, उस विषय को समझने में उसकी मदद करती जब तक कि उसका आत्मविश्वास वापस न आ जाए। जब शर्मिष्ठा पारिवारिक दबाव से घिर जाती, तो ऋत्विक सिर्फ सुनता नहीं था; वह उसका ढाल बन जाता, एक ऐसी आवाज़ जो उसे उसकी अपनी ताकत की याद दिलाती। उन्होंने एक -दूसरे का हाथ पकड़ा हुआ था—शारीरिक रूप से नहीं, बल्कि रूहानी तौर पर; ज़िंदगी की पेचीदगियों के बीच वे एक सधे हुए शादीशुदा जोड़े की तरह कदम से कदम मिलाकर चल रहे थे।

उनकी रात की फोन कॉल उनके रिश्ते का वह मज़बूत सुतून (pillar) थी जिसे कोई हिला नहीं सकता था। दिन कितना भी थका देने वाला हो, उनका शेड्यूल कितना भी मसरूफ हो, वे वक्त निकाल ही लेते थे। वह कॉल उनकी 'इबादतगाह' थी। जहाँ दुनिया का शोर थम जाता था और बस उनकी दो आवाज़ें रह जाती थीं, जो उनके साझा वजूद की एक चादर बुनती थीं।

उनके प्यार का आलम बड़ा ही मीठा, शांत और गहरा मरहम जैसा था।

ज़िदगी, जो अक्सर एक मुश्किल और तन्हा चढ़ाई जैसी लगती थी, अब आसान लगने लगी थी। उनके जुड़ाव के आईने से देखने पर दुनिया के नुकीले किनारे भी नरम महसूस होते थे। यह सिर्फ इतना नहीं था कि वे खुश थे; बात यह थी कि अब ज़िदगी खुद ज़्यादा बामायनी लगने लगी थी। वे दो अलग रूहें थीं जिन्होंने यह जान लिया था कि वे असल में एक ही धुन का हिस्सा थे—और हमेशा से थे।

"मोहब्बत अपने सबसे पाक रूप में किसी ऐसे शख्स को नहीं ढूँढता जो आपको पूरा करे, बल्कि किसी ऐसे को ढूँढना है जो इस पूरी दुनिया को मुकम्मल बना दे।"

5

अटूट बंधन

"किसी बंधन की असली ताकत उसके भीतर मौजूद मोहब्बत के वज़न से नहीं, बल्कि उस दबाव से मापी जाती है जिसे वह झेल सके।"

ऋत्विक और शर्मिष्ठा ने शब्दों और साझा सपनों की बुनियाद पर एक दुनिया खड़ी की थी। एक मुकम्मल साल तक वह दुनिया ही उनकी पूरी कायनात रही। वे एक-दूसरे के दिल के करीब थे, एक ऐसा परिपक्व जोड़ा जो ज़िदगी की छोटी लहरों को किसी मंझे हुए नाविक की तरह पार कर लेता था। उनकी मोहब्बत ही उनका नक्शा था और वही उनका सहारा।

लेकिन मोहब्बत एक ज़िदा चीज़ है, और तक़दीर, जो एक धैर्यवान परीक्षक है, तूफान भेजने से पहले अक्सर खामोशी का इंतज़ार करती है।

अपनी इस सुहानी दुनिया में खोए हुए वे यह देख ही नहीं पाए कि क्षितिज पर बादल छा रहे हैं। उन्हें लगा कि उनकी मोहब्बत एक मंज़िल है, वे यह नहीं जानते थे कि अब इसकी आज़माइश शुरू होने वाली है।

यह बदलाव किसी अचानक आए भूकंप की तरह नहीं था, बल्कि एक धीमी, अदृश्य कटाव की तरह था। बातों का वह अंतहीन कुआँ, जो कभी उनका सबसे बड़ा खज़ाना था, अब धीरे-धीरे सूखने लगा था। वे रात भर चलने वाली कॉल, जो कभी नए अनुभवों की रंगीन चादर हुआ करती थी, अब रोज़मर्रा की मामूली बातों का दोहराव बनकर रह गई थी।

"दिन कैसा रहा?"

"कल जैसा ही था।"

एक हज़ार किलोमीटर की दूरी उनके बीच खड़ी थी —एक ऐसा अटल सच जो कभी एक 'रोमांटिक चुनौती' लगता था और अब एक पिजरे जैसा महसूस होने लगा था। साथ बैठकर खाना खाने की वह छोटी सी खुशी, एक-दूसरे को छूने का वह सुकून—शारीरिक मौजूदगी की इस कमी ने उनके बीच एक खालीपन पैदा करना शुरू कर दिया था।

शर्मिष्ठा के लिए, जो उम्र में छोटी थी, यह दिनचर्या अब एक पाबंदी जैसी लगने लगी थी। रात की वह कॉल, जो कभी खुशी देती थी, अब कभी-कभी एक ज़िम्मेदारी या बोझ लगने लगी। आज़ादी छिन जाने का एक हल्का सा अहसास उसके भीतर घर करने लगा था; ऐसा लगने लगा कि उसकी ज़िदगी अब पूरी तरह से उसकी अपनी नहीं रही। ऋत्विक के लिए, जिसकी मोहब्बत एक शांत और स्थिर लौ की तरह थी, यह दूरी महज़ एक ऐसा दर्द था जिसे वह सह सकता था।

वह संतुष्ट था।

वह उन बारीक दरारों को नहीं देख पाया जो उनकी बुनियाद में पड़ रही थीं; वह अनकही बोरियत का ज़हर नहीं देख पाया जो उनकी 'मोहब्बत के पौधे' की जड़ों में रिस रहा था और उस आज़माइश का दिन एक मामूली से मंगलवार की रात को आया।

ऋत्विक शर्मिष्ठा से फोन पर बात कर रहा था, उसके चेहरे पर एक सुकून भरी मुस्कान थी। तभी उसका बड़ा भाई, जो कुछ दिनों के लिए घर आया था, कमरे में दाखिल हुआ। उसका भाई अनुशासन और महत्वाकांक्षा का पुतला था, जिसे इन 'फालतू की चीज़ों' के लिए कोई सब्र नहीं था। उसकी

नज़र तेज़ थी, और उसने तुरंत ऋत्विक के चेहरे पर वह प्यार भरा और नरम भाव देख लिया।

"किस बात पर मुस्कुरा रहे हो?" उसके भाई ने पूछा, लहज़ा मामूली था पर आँखों में एक संशय था। "दिखाओ अपना फोन।"

ऋत्विक के भीतर घबराहट की एक बिजली सी दौड़ी। यह गुप्त दुनिया उसकी सबसे कीमती चीज़ थी। अपने भाई की कड़वी और तार्किक नज़रों के सामने इसका खुलासा होना उसे किसी 'अपवित्रता' जैसा लगा। "कुछ नहीं है," वह बुदबुदाया और जल्दी से स्क्रीन लॉक कर दी।

उसके भाई ने तब तो ज़ोर नहीं दिया, पर उसके चेहरे पर एक गहरा शक बैठ गया। उसी रात, जब ऋत्विक सो रहा था, उसका भाई दबे पाँव उसके कमरे में आया। उसने सिराहने रखे फोन को उठाया और अपने अंगूठे के निशान से उस दुनिया का दरवाज़ा खोल दिया जिसे ऋत्विक ने कभी उसे न दिखाने का फैसला किया था।

अगले दिन, तूफान आ गया।

अकेले पाकर उसके भाई ने उसे घेर लिया, उसका चेहरा सख्त नाराज़गी का नकाब ओढ़े हुए था। **"मैंने तुम्हारी चैट्स पढ़ ली हैं,"** उसने कहा, और वे शब्द किसी पत्थर की तरह ऋत्विक पर गिरे।

"यह सब समय की बर्बादी है। तुम्हारी यह उम्र करियर बनाने की है, इन ख्याली **पुलाव पकाने** की नहीं। इसे अभी खत्म **करो,** जो ज़रूरी है उस पर ध्यान दो।" वह जवाब का इंतज़ार किए बिना चला गया, ऋत्विक को उस कमरे में अकेला छोड़ गया जो अब उसके उजागर हो चुके राज़ के मलबे से भरा था।

हिला हुआ लेकिन अडिग, ऋत्विक जानता था कि उसे सुकून कहाँ मिलेगा। उसने शर्मिष्ठा को फोन किया, उसकी आवाज़ कांप रही थी जब उसने घटना के बारे में बताया। "पर इससे कोई फर्क नहीं पड़ता," उसने अपनी आवाज़ में ज़ोर लाते हुए कहा। हम बस अब और सावधानी बरतेंगे। हम इसे गुप्त रखेंगे, जब तक कि सबको बताने का सही वक्त न आ जाए। मैं वादा करता हूँ।"

शर्मिष्ठा का जवाब उसके जख्मों पर मरहम की तरह था। "बिल्कुल ऋत्विक," उसने कहा, उसकी आवाज़ एक हिफाज़ती ढाल जैसी थी। "तुम

फिक्र मत करो। मैं तुम्हारे साथ हूँ। "शर्मिष्ठा तुम्हारा साथ कभी नहीं छोड़ेगी।"

उन्होंने देर तक बातें कीं, शर्मिष्ठा के भरोसे ने ऋत्विक की हिम्मत फिर से बाँध दी। उसे अपने भीतर प्यार और कृतज्ञता का एक सैलाब महसूस हुआ। उसे लगा यही वह इम्तिहान था, और वे मिलकर इसे पार कर रहे हैं। उस रात उनकी रोज़ की तरह बात हुई, थोड़ी छोटी ही सही, पर तसल्लीबख्श। जब ऋत्विक ने शर्मिष्ठा को 'गुड नाईट' कहा और सोने गया, तो उसे एक गहरा सुकून महसूस हुआ। शर्मिष्ठा के साथ उसका बंधन 'अटूट' था।

उसे अंदाज़ा भी नहीं था कि शर्मिष्ठा के लिए उसके भाई की वह नाराज़गी मोहब्बत का इम्तिहान नहीं, बल्कि एक ऐसी चिगारी थी जिसने उसके भीतर दबे हुए डरों के जंगल में आग लगा दी थी। वह रात भर जागती रही, उसका अपना ही वादा उसके कानों में गूँज रहा था, पर उससे भी तेज़ गूँज रहे थे उसके शक: वह दमघोंटू दूरी, वह रेंगती हुई बोरियत, और अब, परिवार के विरोध का वह असली डर। ऋत्विक के भाई के शब्दों ने उसकी

बेचैनियों को एक ठोस शक्ल दे दी थी, एक ऐसा जायज़ बहाना दे दिया था कि वह रिश्ता तोड़ने के बारे में सोचे।

छः दिन बीत गए|

फिर एक ऐसी रात आई जहां ऋत्विक के लिए एक जानलेवा मोड़ इंतज़ार कर रहा था।

उसने अपने तय वक्त पर उसे फोन किया। उसने दूसरी ही रिंग पर फोन उठा लिया।

"हम अब साथ नहीं रह सकते," उसने कहा। उसकी आवाज़ में वह पुरानी गर्माहट कहीं नहीं थी। वह सपाट, बेरुखी और आखिरी फैसले से भरी हुई।

अल्फाज़ों का असर पहले तो समझ ही नहीं आया। **"क्या?........तुम क्या कह रही हो?"** ऋत्विक ने पूछा, एक उलझन भरी हंसी के साथ। **"कुछ ही दिन पहले तो तुमने कहा था कि तुम कभी नहीं छोड़ोगी।"**

"मुझे पता है मैंने क्या कहा था," उसने जवाब दिया, और ऋत्विक को उसकी आवाज़ में खड़ी की जा रही वह दीवार साफ महसूस हो रही थी।

"पर यह नहीं चलेगा, दूरी बहुत ज़्यादा है। मेरे पापा और मेरी दादी... वे इसे कभी स्वीकार नहीं करेंगे और... और तुम अभी इस तरह के संघर्ष के लिए उतने समझदार नहीं हो।"

उसकी खूबसूरत खयाली दुनिया, उसका महफ़ूज़ साहिल, उसकी पूरी कायनात उस फोन लाइन के शोर में घुलती जा रही थी।

"शर्मिष्ठा, प्लीज़... हम इसका रास्ता निकाल लेंगे," उसने कहा, उसकी आवाज़ रुंध गई थी।

"निकालने को कुछ बचा ही नहीं है," उसने कहा। और फिर फोन कट गया।

वह एक मिनट तक सन्न होकर फोन को देखता रहा, फिर जैसे ही होश आया, उसने वापस फोन मिलाया। कॉल नहीं लगी। उसने उनकी चैट खोली। वह 'ब्लॉक' हो चुका था। उसने दूसरा ऐप आज़माया। वहाँ भी ब्लॉक।

वह अपनी ही साझा दुनिया से महज़ कुछ क्लिक्स में बेदखल कर दिया गया था।

अब जो बचा था, वे सिर्फ 'डिजिटल साये' थे।

उनकी चैट्स के स्क्रीनशॉट्स, उसकी भेजी हुई कुछ तस्वीरें, और उस कॉमेडी रील की याद जिससे सब शुरू हुआ था। उसने उसकी फोटो खोली—वही आधी रात जैसी गहरी आँखें और वह मुस्कान जिसने उम्र भर की खुशियों का वादा किया था। एक गर्म आंसू स्क्रीन पर गिरा, जिससे उसका चेहरा धुंधला गया। फिर एक और। और फिर एक और। एक टूटा हुआ लड़का उस फोन को कलेजे से लगाए बैठा था जो अब उसकी मोहब्बत का दरवाज़ा नहीं, बल्कि उसकी कब्र बन चुका था।

"कभी-कभी, सबसे अटूट लगने वाले वादे किसी धमाके से नहीं, बल्कि एक 'ब्लॉक' बटन की खामोश और बेरहम आखिरी सच्चाई से चकनाचूर हो जाते हैं।"

उससे ताल्लुक वाजिब कुछ कम,
नफ़स्यात मै उसपे हक चाहता हु,
वो किसी और का क्यों हो जाता है ,
जिसका मै बेसब्री से होना चाहता हु और संविधान मै इसका जवाब चाहता हु।
- संविधान

6

वनवास

"दिल कोई मुसाफिरखाना नहीं है ; आप किसी याद को सिर्फ इसलिए बाहर नहीं निकाल सकते क्योंकि उसके ठहरने का वक्त खत्म हो गया है।"

एक साल तक वे एक ही वजूद के दो हिस्से रहे थे, उनकी ज़िदगियाँ इस कदर एक-दूसरे में गुंथी हुई थीं कि यह समझना मुश्किल था कि एक कहाँ खत्म होती है और दूसरी कहाँ से शुरू।

उस जुड़ाव को काटने का फैसला यकीनन शर्मिष्ठा के लिए भी मुश्किल रहा होगा, लेकिन वह उसका अपना चुनाव था।

ऋत्विक के लिए, यह कोई चुनाव नहीं था; यह तो उस पर सुनाया गया एक ऐसा फैसला था, जिसकी कोई सुनवाई नहीं हुई। वह इस 'ब्रेकअप' का

हिस्सा नहीं था; वह तो इसका शिकार) था। वह अब उस मुल्क से बेदखल कर दिया गया था, जहाँ वह कभी बादशाह हुआ करता था।

उनकी ज़िदगियाँ, जो कभी एक ही पटरी पर दौड़ रही थीं, अब पूरी तरह अलग हो चुकी थीं। शर्मिष्ठा के लिए शुरुआती दिन एक आज़ाद कर देने वाली हल्की फुल्की राहत जैसे थे। दबाव खत्म हो चुका था, बोरियत गायब थी, और उसके अपने दोस्तों और ख्वाबों की दुनिया उस खाली जगह को भरने के लिए वापस आ गई थी।

ज़िदगी अब सादा थी।

लेकिन रात के उन खामोश और कमज़ोर लम्हों में एक खाली गूँज बाकी रह जाती थी, जैसे शरीर का कोई अंग कट जाने के बाद भी उसका अहसास बना रहता है। एक ऐसा सन्नाटा, जहाँ कभी एक सुकून देने वाली आवाज़ हुआ करती थी।

ऋत्विक के लिए कोई राहत नहीं थी, सिर्फ एक भारी और असहनीय बोझ था। उसकी ज़िदगी सिर्फ बिखरी नहीं थी ; वह तो जैसे ढहा दी गई थी। उसके बचपन की वह कड़वाहट, जिसे शर्मिष्ठा के प्यार ने बड़ी खूबसूरती से खामोश कर दिया था, अब और भी ज़ोर से चिल्लाने लगी थी। 'प्रेम

कहानियाँ सिर्फ परियों की कहानियाँ होती हैं। सच्चा प्यार जैसा कुछ नहीं होता' उसने खुद को यकीन करने की इजाज़त दी थी, और यह उसकी सज़ा थी। उसे ठगा हुआ महसूस हो रहा था, जैसे कोई बेवकूफ अपनी सारी जमा-पूंजी किसी दिवालिया हो चुकी कंपनी में लगा दे। वह किससे बात करता? जिस इकलौते शख्स से वह सब कुछ साझा करता था, वही इस बेइंतहा दुख की वजह थी।

एक दोपहर उसका फोन बजा, और एक पागल कर देने वाले पल के लिए उसे लगा कि वह शर्मिष्ठा है। लेकिन वे उसके दोस्त थे, उसके यार, जिनकी आवाज़ें उसे हकीकत की ज़मीन पर वापस ले आईं। उसने अपनी उस निजी दुनिया में खोकर इन दोस्ती के रिश्तों को भुला दिया था , लेकिन वे उसे कभी नहीं भूले थे। वे उसके घर के बाहर इंतज़ार कर रहे थे। जब वह बाहर आया, तो उसके चेहरे पर उदासी इतनी साफ लिखी थी कि उन्हें पूछने की ज़रूरत ही नहीं पड़ी कि क्या गलत है ; उन्होंने बस इतना पूछा कि 'हुआ क्या है?' उसने अपनी कहानी सुनाई, उसकी आवाज़ लड़खड़ा रही थी, और उन्होंने उसे कोई खोखली नसीहतें नहीं दीं। वे बस उसके साथ बैठे रहे, उसके दर्द को सोखते हुए और उसे यह याद दिलाते हुए कि ***कुछ रिश्ते***

सामने बैठकर, साझा इतिहास से बनते हैं, जिन्हें कोई 'ब्लॉक' बटन नहीं तोड़ सकता।

दुख की धुंध में एक महीना बीत गया। फिर , एक शाम स्क्रीन पर उसका नाम चमका, एक 'इनकमिंग कॉल'। उसकी मायूसी के काले बादलों के बीच उम्मीद की एक किरण सी दिखी। वह बेचैन हो उठा।

"हेलो," उसने हाँफते हुए जवाब दिया।

"हाय, कैसे हो?" उसने पूछा, लहज़ा औपचारिक और दूर का था।

"मैं ठीक हूँ," उसने झूठ बोला।

एक ठहराव।

ऋत्विक ने पूछा क्या हुआ

सामने से आज दबी आवाज में जवाब आया

"मैं बस सॉरी कहना चाहती थी।"

उम्मीद, वह नाज़ुक परिंदा , जैसे आसमान से मार गिराया गया हो। वह बेजान होकर उसके सीने में धँस गया। "क्यों ?" उसने आखिरकार पूछा, उसकी आवाज़ एक दबी हुई फुसफुसाहट थी। **"तुम क्यों चली गईं ?"**

उसके जवाब किसी ठंडी और बेरहम मार की तरह थे। **"तुम अभी उतने समझदार नहीं हो, ऋत्विक।** यह लंबी दूरी... यह कभी नहीं चलती। हमारी संस्कृतियाँ बहुत अलग हैं।" उसने एक सांस ली, और आखिरी जानलेवा वार किया।

उदासी और अवसाद ने उसे पूरी तरह निगल लिया। उसकी याद एक अड़ियल साये की तरह बन गई, जो उसके जागते हुए हर लम्हे और उसके सपनों को सताती थी।

महीने रेंगते हुए बीत गए। गर्मियों की वह झुलसा देने वाली गर्मी अब अक्टूबर की साफ़ और ठंडी हवा में बदल चुकी थी।

एक शाम ऋत्विक अपनी छत पर खड़ा था, शहर भर में नवरात्रि की रोशनियाँ जगमगाने लगी थीं। उसे अब भी उसकी याद आती थी , पर वह चीखता हुआ ज़ख्म अब एक मद्धम और मुस्तकिल दर्द बन चुका था।

उसने अपनी ज़िंदगी की ओर देखा —उसका परिवार जो उसके लिए परेशान रहा, उसके दोस्त जो उसे कभी छोड़ कर नहीं गए —और एक खामोश इरादा उसके भीतर बनने लगा। वह एक याद का कैदी बनकर नहीं रह सकता था। उसे आगे बढ़ना ही होगा।

धीरे-धीरे, बड़ी मशक्कत के साथ, उसने उस खालीपन को भरना शुरू किया जो वह छोड़ गई थी। उसने दोस्तों से फिर से नाता जोड़ा , अपनी पढ़ाई पर ध्यान दिया, और रोज़मर्रा के छोटे-छोटे लम्हों में खुशियाँ ढूँढने लगा। उसकी याद अब किसी कीमती और नाज़ुक विरासत जैसी थी , जिसे मखमल में लपेटकर दिल के किसी गोदाम के कोने में रख दिया गया हो—**इतनी कीमती कि फेंकी न जा सके, पर इतनी दर्दनाक कि रोज़ देखी न जा सके।**

वह उसकी गैर-मौजूदगी के साथ जीना सीख रहा था। अब उसे उसके लौटने की कोई उम्मीद नहीं थी।

लेकिन सब कुछ वैसा नहीं होता जैसा हम सोचते हैं। सिर्फ वही योजना काम करती है जो तक़दीर बनाती है।

"इंसान अपने दिल के लिए न जाने कितने मंसूबे बनाता है, लेकिन आख़िरी और अटल नक्शा तो तक़दीर के हाथ में ही होता है।"

7

अदृश्य कक्षा

"तक़दीर की याददाश्त मलाल से कहीं ज़्यादा लंबी होती है। इसे इस बात की परवाह नहीं कि हमने कौन से रास्ते चुने, उसे तो बस उन मंज़िलों की फिक्र है जो उसने हमारे लिए चुनी हैं।"

सात साल एक पूरी उम्र के बराबर होते हैं। यह वक्त इतना काफी है कि ज़ख्म फीकी चांदी जैसी लकीरों में बदल जाएं, दुख एक मद्धम सी टीस बन जाए, और **एक लड़का खुद को तराश कर एक 'मर्द' बना ले।**

शक्तियों से अब सीख लिया है
अब जीने की भूख लगेगी
यादों का रास्ता मोड दिया है
क्या जीने की वजह मिलेगी
कुछ पहरे लगे अभी है
बंदिशे भरपूर मिलेगी
दिल में दस्तक दिया किसी ने
अब उसको जंजीर मिलेगी
दिल भी हारा हायत हारी
लेकिन अलिफ़ मुझमें - मेरी जगह मिलेगे।
- संविधान

आज जिस ऋत्विक ने दुनिया के सामने अपने कदम रखे थे, वह उस दिल टूटे छात्र से बिल्कुल जुदा था, जो कभी रोते-रोते सो जाया करता था। उस अग्नि-परीक्षा की तपिश ने उसके भीतर के लड़कपन की कोमलता को जलाकर राख कर दिया था और पीछे छोड़ दिया था फौलाद जैसा एक मज़बूत व्यक्तित्व। उसने अपने दर्द को कड़वाहट में नहीं, बल्कि अनुशासन में बदल दिया था—अपने शरीर और अपनी ज़िंदगी, दोनों का कायाकल्प कर दिया। अब वह 'RitzFit' था, एक ऐसा नाम जो फिटनेस की डिजिटल दुनिया में गूँजता था।

उसकी ऑनलाइन पहचान सूरज की रोशनी से नहाई वादियों और पसीने से तरबतर वर्कआउट्स का एक मोजैक थी—यह इस बात का सबूत था कि इंसान का जज़्बा किसी भी हालात से कहीं ज़्यादा मज़बूत होता है। वह सिर्फ 'कंटेंट' के लिए नहीं, बल्कि खोज के जुनून के लिए सफर करता था; दुनिया के सबसे खूबसूरत और दुर्गम रास्तों पर अपनी सीमाओं को चुनौती देने के लिए।

अपने माता-पिता के प्रति अपने फर्ज़ों को पूरा कर, उनके भविष्य और आराम को सुरक्षित करने के बाद, वह आखिरकार आज़ाद था।

उसकी ज़िंदगी उसकी वह धूल भरी 'एडवेंचर बाइक' थी—एक दमदार मशीन जो सड़क के हर गड्ढे और रुकावट को एक आत्मविश्वास भरी दहाड़ के साथ पार कर लेती थी। उसने भी ज़िंदगी की मुश्किलों से उसी अडिग भरोसे के साथ निपटना सीख लिया था।

फिर भी, उसके दिल के आलीशान महल में एक कमरा था जो बंद रहता था। उसे प्यार से डर लगता था। इसलिए नहीं कि उसका अनुभव बुरा था—**एक साल तक तो वह उसकी ज़िंदगी की सबसे खूबसूरत चीज़ रही थी।** उसे डर इसलिए था क्योंकि अब वह समझ चुका था कि किसी को

अपनी प्राथमिकता बनाना, उसे अपनी दुनिया तबाह करने की ताकत सौंप देना कितनी बड़ी कमज़ोरी हो सकती है।

उसकी पांचवीं चुनौती उसे कसौली की उन घुमावदार और चीड़ की खुशबू से भरी सड़कों पर ले आई। उसने अपनी बाइक को आखिरी चढ़ाई पर मोड़ा, इंजन ने जैसे ज़ोर लगाया, और वह दुनिया के एक छोर पर बसे एक खूबसूरत 'व्यूप्वाइंट' पर पहुँच गया। वहाँ कुछ होटल, होमस्टे और बीएनबी पहाड़ी की चोटी पर बिखरे हुए थे, जहाँ से नीचे पहाड़ों की तलहटी में शहर की रोशनियाँ किसी गिरे हुए सितारों के झुरमुट की तरह टिमटिमाती दिखती थीं। अगले एक महीने के लिए, यही उसका घर होने वाला था।

उसी छोटे से कस्बे के दूसरी तरफ, एक अलग ही ज़िंदगी ने जड़ें जमा ली थीं। पांच साल पहले, अपने बूढ़े पिता के लिए शांति और साफ़ हवा की तलाश में, शर्मिष्ठा और उसका परिवार यहाँ आ गए थे।

शहर के शोर-शराबे की जगह अब स्कूल की घंटियों की गूँज और चॉक की खुशबू ने ले ली थी। वह शहर के सीनियर सेकेंडरी स्कूल में एक सम्मानित शिक्षिका थी। हर रविवार, वह और उसके पिता उस व्यूप्वाइंट तक की एक छोटी सी तीर्थयात्रा करते थे, एक ही बेंच पर बैठकर चाय पीते और सैलानियों

को देखते। यह उनका एक नियम बन चुका था, पर नियम भी दिल की तरह टूट सकते हैं। उसके पिता का आठ महीने पहले एक अचानक आई बीमारी से देहांत हो गया था।

अब, शर्मिष्ठा वह सफर अकेले तय करती—एक साये के साथ खामोश गुफ़्तगू, उन्हें खुद में ज़िदा रखने का एक ज़रिया।

उनके रास्ते, जो सात साल पहले इतनी बेरहमी से अलग हुए थे, अब अनजाने में नक्शे के इस छोटे से बिदु पर एक साथ आ मिले थे। कायनात, ऐसा लगता था, एक बेहद सब्र वाली और बारीकी से योजना बनाने वाली कलाकार थी। उसने उस मुकम्मल लम्हे का इंतज़ार किया था, एक ऐसा वक्त जब शर्मिष्ठा ने ब्रेकअप के लिए जो भी दलीलें दी थीं, उन्हें ज़िदगी ने खुद एक-एक करके गलत साबित कर दिया था।

वह दूरी जिससे वह डरी थी?

वह आज एक विश्व-यात्री बनकर उसकी चौखट पर खड़ा था।

वह बचपना जिसका उसने ज़िक्र किया था? वह आज एक 'सेल्फ-मेड' आदमी था, अनुशासित और कामयाब। वे सांस्कृतिक मतभेद? उसने अपने सफरों में दर्जनों अलग-अलग संस्कृतियों को अपना लिया था। तक़दीर ने

उसके हर बहाने को काट दिया था, और अब सिर्फ उनके जुड़ाव का वह कच्चा और अटल सच बाकी रह गया था।

और इस तरह, जैसे ही ऋत्विक ने अपना सामान उतारा, अपने वर्कआउट का शेड्यूल बनाया और स्थानीय रास्तों को टटोलना शुरू किया, और जैसे ही शर्मिष्ठा ने एक और खामोश वीकेंड की तैयारी की, उस मोहब्बत के 'बसंत' की आहट करीब थी जिसे वे दोनों मरा हुआ मान चुके थे। वे दो सितारे थे, जो एक अनदेखी गुरुत्वाकर्षण शक्ति से खिंचे चले आ रहे थे, एक-दूसरे की कक्षा में करीब और करीब आ रहे थे—इस बात से बेखबर कि उनकी टक्कर अब तय है।

क्या वे मिलेंगे? क्या उनकी मोहब्बत का वह 'चेरी का पेड़', जिसने एक लंबी और बेरहम सर्दी झेली थी, आखिरकार खिल उठेगा? तक़दीर के पास ये जवाब थे, और वह उन्हें सितारों में नहीं, बल्कि एक छोटे से भूले-बिसरे कस्बे की घुमावदार पहाड़ी सड़कों पर लिखने की तैयारी कर रही थी।

8

अनकही कशिश

"कभी-कभी कायनात सिर्फ फुसफुसाती नहीं है; वह साजिश रचती है, जानी-पहचानी यादों और इत्तेफाकों का ऐसा जाल बुनती है कि दो रास्तों के पास टकराने के अलावा कोई चारा नहीं बचता।"

वह रविवार की शाम थी, दुनिया के लिए एक आम दिन, लेकिन कायनात के लिए यह एक बहुत पुरानी मुलाकात का वक्त था।

पहाड़ की ऊंचाइयों पर, ऋत्विक का शरीर किसी मंझी हुई मशीन की तरह काम कर रहा था। उसके कदम पगडंडी की मिट्टी पर एक सधे हुए, ध्यानमग्न लय में पड़ रहे थे। हवा पतली थी, जो उसके फेफड़ों में एक ऐसी

जलन पैदा कर रही थी जिससे उसे अपने 'होने' का अहसास होता था। यह उसकी इबादत थी, हफ्ते भर की थकान मिटाने के लिए एक लंबी दौड़।

नीचे छोटे से कस्बे में, शर्मिष्ठा एक अलग तरह की रस्म की तैयारी कर रही थी, जिससे वह हफ़्तों से बच रही थी। अब वक्त था अपने दुख के साये का सामना करने का।

वह उसी पुराने रास्ते से 'व्यूप्वाइंट' की ओर बढ़ी, उस बेंच की तरफ जो कभी दो लोगों का सिहासन हुआ करती थी। वहाँ अकेले बैठना इस बात को पूरी तरह कुबूल करना था कि उसके पिता अब नहीं रहे।

यह एक तरह की तीर्थयात्रा थी।

वह उस जगह पहुँची, जहाँ से दिखता नज़ारा उसके दुख का एक खामोश गवाह था, और ढलती शाम के उस विशाल सन्नाटे में वह एक अकेली आकृति बनकर बैठ गई।

ऋत्विक अपनी दौड़ के आखिरी पड़ाव पर था और अपने बीएनबी (BNB) की तरफ लौट रहा था, तभी उसकी गर्दन के पीछे एक अजीब और अनजानी सी सिहरन महसूस हुई। यह एक ऐसी बेचैनी थी जो डरावनी हद तक जानी-पहचानी थी।

सात सालों से उसने ऐसा कुछ भी महसूस नहीं किया था— लाइब्रेरी की उस तपती शाम के बाद से कभी नहीं, जब उसकी ज़िदगी हमेशा के लिए बदल गई थी। उसकी चाल धीमी हो गई, उसका दिल सिर्फ दौड़ की वजह से नहीं धड़क रहा था। इसे ऊंचाई का असर समझते हुए, उसने एक बेंच देखी और सांस लेने के लिए बैठ गया।

तभी, रास्ते से एक साया गुज़रा। रोशनी कम थी, जिसने उस आकृति को अंधेरे में लपेट रखा था, लेकिन उसकी चाल में कुछ ऐसा था, उसके वजूद में एक ऐसी ऊर्जा थी, जो किसी आधे-अधूरे याद रहे गीत की तरह महसूस हुई। ऋत्विक, जिसने सात साल से किसी लड़की के लिए कुछ महसूस नहीं किया था, आज उसके भीतर कुछ जागा। उसने अपना सिर झटका और उस ख्याल को दूर कर दिया। वह थका हुआ था। उसे बस आराम की ज़रूरत थी। वह उठा और अपने बीएनबी की ओर बढ़ गया।

अगली शाम, जब वह बाज़ार से सब्ज़ियाँ लेकर लौट रहा था, उसने एक शोर सुना। आवारा कुत्तों के एक छोटे झुंड ने, भूख से बौखलाकर, एक कमज़ोर और बुजुर्ग महिला को घेर रखा था। लोग पास से गुज़र रहे थे, पर कोई दखल नहीं देना चाहता था। ऋत्विक नहीं हिचकिचाया। वह आगे बढ़ा,

और उसकी कड़कती आवाज़ ने कुत्तों को पल भर में तितर-बितर कर दिया। उसने घुटनों के बल बैठकर उस सहमी हुई महिला की सब्ज़ियाँ उठाने में मदद की।

"शुक्रिया बेटा, बहुत शुक्रिया," वह थरथराती आवाज़ में बोलीं।

थैले भारी थे, और उनकी हालत देख ऋत्विक ने उन्हें घर तक छोड़ने की पेशकश की। वह मान गईं, एक अनजान शहर में एक अजनबी की इस शराफत से वे प्रभावित थीं।

उनका घर एक खूबसूरत, पुराना सा कॉटेज था, जो बोगनवेलिया के फूलों से ढका था। उन्होंने उसे चाय के लिए बुलाया, पर ऋत्विक ने विनम्रता से मना कर दिया। एक अच्छे बर्ताव के तौर पर, उसने उन्हें अपना नंबर दे दिया। "मेरा नाम ऋत्विक है," उसने कहा। "अगर कभी भी किसी मदद की ज़रूरत हो, तो बेझिझक फोन कीजिएगा।"

जैसे ही वह मुड़ा, उसने घर के भीतर खिड़की के पास एक साया देखा। एक लड़की की परछाई। पिछली रात वाला वही अहसास फिर से लौट आया—एक अजीब सा 'देजा वू' (déjà vu)। उसने फिर उसे नज़रअंदाज़ किया और आगे बढ़ गया।

उस रात, वह उस अहसास को खुद से अलग नहीं कर पाया। ऐसा लग रहा था जैसे उसकी सुव्यवस्थित दुनिया में किसी ने चुपके से खलल डाल दिया हो। उस अनदेखी लड़की की मौजूदगी उसे इस कदर परेशान कर रही थी जिसका उसके पास कोई जवाब नहीं था।

दो दिन बाद, आधी रात को उसके फोन की घंटी बजी। एक अनजान नंबर था। उसने फोन उठाया। दूसरी तरफ एक लड़की की आवाज़ थी, जो घबराहट से भरी थी। "हेलो? क्या ऋत्विक बात कर रहे हैं? मेरी दादी ने आपका नंबर दिया था... उन्होंने कहा था आप मदद कर सकते हैं... उन्हें... मुझे लगता है उन्हें हार्ट अटैक आया है! प्लीज़, आपको आना होगा!"

घबराहट ने बाकी सारे ख्यालों को मिटा दिया। उसे वही पता मिला—वही पुराना कॉटेज—और वह भागा।

उसने देखा कि बुजुर्ग महिला को सांस लेने में तकलीफ हो रही थी, और उनकी पोती उन्हें शांत रखने की कोशिश कर रही थी। ऋत्विक ने तुरंत उन्हें अपनी बाइक पर बैठाया—इन संकरी सड़कों पर एम्बुलेंस का इंतज़ार करने से बेहतर यही था। वे रात के अंधेरे को चीरते हुए भागे, वक्त के खिलाफ एक जानलेवा दौड़।

वे सही वक्त पर अस्पताल पहुँच गए। डॉक्टरों ने दादी को फौरन आईसीयू (ICU) में भर्ती कर लिया, और ऋत्विक और वह लड़की अस्पताल की उस सफेद, ठंडी रोशनी में अकेले रह गए। वह एक बेंच पर बैठ गया, उसका शरीर अब धीरे-धीरे ढीला पड़ रहा था।

कुछ मिनटों बाद, वह लड़की उसके पास आई। उसका चेहरा पीला था पर उसकी आँखों में गहरा आभार था। "शुक्रिया," वह कांपती आवाज़ में बोली। "मैं... मुझे समझ नहीं आता मैं क्या करती। आपने उनकी जान बचा ली।"

ऋत्विक ने नज़रें उठाईं और पहली बार उसका चेहरा गौर से देखा। उनके बीच के वे सात साल एक ही पल में सिमट कर रह गए।

वह शर्मिष्ठा थी।

वह अब कोई छोटी लड़की नहीं थी। उसके नैन-नक्श और गहरे हो चुके थे, जिसकी आँखों में ज़िदगी के तजुर्बों की गहराई थी, पर आँखें वही थीं। वही झील जैसी आँखें, जिनमें वह सालों पहले डूब चुका था।उसने ऋत्विक की नज़रों में वह गहराई देखी और एक थकी हुई मुस्कान के साथ अपना हाथ आगे बढ़ाया। "वैसे," उसने कहा, "आपका नाम क्या है?"

हमें तो अज़बर हैं उनकी आँखों के सारे मंज़र आज भी,
पर अफ़सोस! उन्हें हमारा नाम तक याद नहीं आता है।"
- रिशु

यह सवाल एक खामोश और बेरहम कत्ल जैसा था। उसे कुछ याद नहीं था। उसे अंदाज़ा भी नहीं था कि उसके सामने कौन खड़ा है। ऋत्विक ने उसे देखा, उसका चेहरा एक बेजान नकाब जैसा था जिसके पीछे भावनाओं का ज़लज़ला आ चुका था, उसने उसका हाथ नहीं थामा।

"ऋत्विक," उसने जवाब दिया। आवाज़ सपाट थी, जैसे उसमें कोई इतिहास ही न हो।

इससे पहले कि वह कुछ समझ पाती, या कोई और सवाल पूछती, वह खड़ा हो गया। "मुझे जाना होगा। अगर किसी चीज़ की ज़रूरत हो तो फोन कर लेना।" वह मुड़ा और चल दिया। उसके कदमों की गूँज उस खाली गलियारे में सुनाई दे रही थी, और शर्मिष्ठा वहाँ अकेली खड़ी रह गई। वह इस बात से पूरी तरह बेखबर थी कि अभी-अभी उसे उसके अपने ही अतीत के एक साये ने बचाया था।

तक़दीर अपना काम कर चुकी थी। वे मिल चुके थे।

"सबसे दर्दनाक मुलाकातें किसी गरजते हुए तूफान के साथ नहीं होतीं, बल्कि उस एक सादे और विनम्र सवाल के साथ होती हैं जो यह साबित कर देता है कि एक दिल को सब याद है, और दूसरे को कुछ भी नहीं।"

9

मिलन

"मिलन महज़ दो लोगों का दोबारा मिलना नहीं है, बल्कि उस शख्स के बीच की गुफ़्तगू है, जो आप आज हैं.... और उस साये के बीच जो आप कभी हुआ करते थे।"

कायनात ने अपनी बिसात पर मोहरे सजा दिए थे और अब वह खेल के अंजाम का इंतज़ार कर रही थी।

उस रात, जब ऋत्विक अस्पताल से बाहर निकला, उसके भीतर एक जंग छिड़ गई थी। उसका दिमाग चीख-चीख कर कह रहा था कि यहाँ से भाग जाओ, अपना बैग पैक करो और इस शहर और इसकी यादों को हमेशा के लिए पीछे छोड़ दो। लेकिन उसका दिल, जो सात साल से एक शांत

ज्वालामुखी बना बैठा था, अब उस तपिश से सुलग रहा था जिसे वह भुला चुका था। उसने अपने दिल के चारों ओर जो मज़बूत किलेबंदी की थी, शर्मिष्ठा की महज़ एक नज़र ने उसे ढहा दिया था। वह उस बंद कमरे के बाहर खड़ा था और उसे अंदर से एक बेचैन, उम्मीद भरी दस्तक सुनाई दे रही थी।

दूसरी ओर, शर्मिष्ठा अ पनी दादी की देखभाल और ऋत्विक की वापसी की नामुमकिन हकीकत के बीच झूल रही थी। वह एक हीरो था, एक अजनबी जिसने उसकी दादी की जान बचाई थी लेकिन वह एक ज़ख्म भी था, एक याद, एक ऐसा प्यार जिसे उसने खुद अपने हाथों से ठुकरा दिया था।

उसने उस रात की पूरी दास्तां अपनी दादी को सुनाई, जिन्होंने अपनी तजुर्बेकार आँखों से शर्मिष्ठा के हाव-भाव को समझते हुए शंती से उसकी बात सुनी।

अगले दिन, दादी ने एक फैसला लिया, उन्होंने ऋत्विक को फोन किया।

"बेटा," उन्होंने अपनी गर्मजोशी भरी आवाज़ में कहा। "तुमने मुझे नई ज़िंदगी दी है। तुम्हें हमें शुक्रिया कहने का मौका देना होगा। कल शाम हमारे घर खाने पर आजाओ।"

ऋत्विक का दिमाग 'ना' चिल्लाता रहा, पर दिल ने 'हाँ' फुसफुसा दी।

वह मान गया।

अगली शाम, वह उस बोगनवेलिया से ढके कॉटेज के सामने खड़ा था, उसका चेहरा एक संजीदा और औपचारिक नकाब ओढ़े हुए था। अंदर से ज़ायकेदार खाने की महक हवा में घुली थी। दादी ने दरवाज़े पर उसका स्वागत किया, उनका आभार सच्चा और बेहिसाब था।

"क्या यह सब आपने बनाया है?" ऋत्विक ने सजे हुए दस्तरखान की ओर इशारा करते हुए पूछा।

"अरे नहीं," वह हँसकर बोलीं। "मेरी पोती बहुत स्वादिष्ट खाना बनाती है।

यह सब उसी ने तैयार किया है।" फिर वह मुड़ीं और सीढ़ियों की तरफ आवाज़ दी।

"शर्मिष्ठा... नीचे आओ... वह आ गया हैं।"

शर्मिष्ठा जैसे ही सीढ़ियों से नीचे उतरी, ऋत्विक की सांसें जैसे थम गईं। उसने एक सादा और खूबसूरत कुर्ता पहना था, और वह न सिर्फ हसीन, बल्कि पुरसुकून और मुकम्मल लग रही थी। उसे किसी स्क्रीन पर नहीं, बल्कि यहाँ, अपने सामने ज़िदा और सांस लेते देखना ऋत्विक के सात साल के संयम को हिला गया। उसके दिल की वह दस्तक अब एक ज़ोरदार धड़कन बन चुकी थी।

डिनर के दौरान मेज़ पर एक अजीब सा तनाव था। बर्तनों के टकराने की आवाज़ कमरे के सन्नाटे में सबसे तेज़ सुनाई दे रही थी। दादी, जो इन सब जज्बातों से बेखबर थीं, खुशी-खुशी बातें कर रही थीं। ऋत्विक और शर्मिष्ठा ने महज़ औपचारिक बातें कीं, उनकी आँखें सिर्फ कुछ ही लम्हों के लिए मिलीं, और उन लम्हों में जैसे बिजली सी दौड़ गई। जब खाना खत्म हुआ, ऋत्विक विदा लेने के लिए खड़ा हुआ।

"शर्मिष्ठा," दादी ने कहा, "ज़रा इसे दरवाज़े तक छोड़ आओ।"

वे दोनों दहलीज पर खड़े थे, उनके बीच की खामोश हवा अनकहे अल्फाज़ों से भरी थी। ऋत्विक के लिए यह एक खूबसूरत ख्वाब और एक बुरे सपने जैसा था। वह यहाँ था, उसके परिवार के साथ, और वह उसे विदा

कर रही थी—एक ऐसा मंज़र जिसका उसने कभी सपना देखा था। लेकिन यह सपना खोखला था। उसे कुछ याद नहीं था।

यह सब खास सिर्फ ऋत्विक के लिए था।

लेकिन वह गलत था। अस्पताल वाली रात के बाद, शर्मिष्ठा ने घंटों उसके 'RitzFit' प्रोफाइल को खंगाला था। उसकी उंगलियाँ सालों पीछे लौटती गईं, जब तक कि उसे सात साल पुरानी वह तस्वीरें नहीं मिल गईं। वह थोड़ा झिझकता हुआ, मासूम चेहरे वाला लड़का। वह वही था। और अचानक शर्मिष्ठा पर अपने किए का बोझ टूट पड़ा। उसे एक दमघोंटू ग्लानि महसूस हुई।

वह ज़रूर उससे नफरत करता होगा।

वे दोनों वहाँ खड़े रहे, दो दिल खामोशी की खाई के आर -पार चीख रहे थे, और किसी के पास उस पर पुल बनाने की हिम्मत नहीं थी।

अल्फ़ाज़ - ए - बया
मतलब जताना नहीं आता
सीरत तेरी इतनी प्यारी
की तुझे सताना नहीं आता
हर वक्त तेरा इंतज़ार में रहता हु
शायद बचकाने अरमान लेकिन उनको मिटाना नहीं आता
तुम रूठोगी मै मना लूंगा
माना कि मुझे मनाना नहीं आता
मै आंखों से ही सब कह दूंगा
कहा था ना मुझे जताना नहीं आता!
- संविधान

वह चला गया। वह लम्हा हाथ से निकल गया।

अगले रविवार, शर्मिष्ठा ने तय किया कि वह इस खामोशी को जीतने नहीं देगी। उसने अपनी दादी के हाथ का बना गारा का हलवा —जो ऋत्विक के पसंदीदा था—एक डिब्बे में पैक किया और उसके बीएनबी (BNB) की तरफ चल दी। उसने देखा कि ऋत्विक आँगन में अपनी बाइक की सफाई कर रहा था, बड़े ही प्यार और ध्यान के साथ। वह उसे देर तक देखती रही, उसका गला भर आया। वह शुरुआत कैसे करे? उसने अपनी दादी को ढाल बनाने का फैसला किया।

"हाय, ऋत्विक... बाइक साफ़ कर रहे हो?" उसकी आवाज़ उम्मीद से ज़्यादा नरम थी।

वह चौंककर मुड़ा। "हाय , शर्मिष्ठा... हाँ, बस। मैं अगले सोमवार शहर छोड़ रहा हूँ, तो इसे सफर के लिए तैयार कर रहा हूँ।"

शर्मिष्ठा का दिल जैसे बैठ गया। "जा रहे हो? क्यों, तुम्हें यह शहर पसंद नहीं आया?" शब्द जल्दबाजी में निकले, जैसे वह उस अनहोनी को रोकना चाहती हो।

"नहीं, शहर तो बहुत खूबसूरत है," उसने सपाट लहज़े में कहा। "मेरा सफर एक महीने का ही था, और महीना खत्म हो रहा है। मुझे घर लौटकर अगले चैलेंज की तैयारी करनी है।"

यही वह वक्त था। आखिरी मौका।

"यह लो," उसने डिब्बा आगे बढ़ाते हुए कहा। "दादी ने बनाया है। यह मेरा पसंदीदा है, उन्होंने तुम्हारे लिए भेजा है।" एक छोटा सा, मासूम झूठ।

"शुक्रिया," उसने लेते हुए कहा। "उनसे कहना कि जाने से पहले सोमवार को मैं मिलने आऊँगा।"

शर्मिष्ठा ने सिर हिलाया, उसकी आँखों में आंसू थे, और वह वहाँ से चली गई। वह संभल चुका था, वह कामयाब था, और वह फिर से जा रहा था। इस बार यह बिछड़ना और भी आखिरी लग रहा था।

वह पूरा हफ़्ता दोनों के लिए किसी अज़ियत से कम नहीं था।

ऋत्विक बार-बार उसे सब कुछ सच बता देना चाहता था, पर फिर उसे वह 'ब्लॉक' किया जाना और वह जानलेवा दर्द याद आ जाता जिसने उसे लगभग तोड़ दिया था। उसने बार-बार खुद को समझाया कि 'मोहब्बत' उसके नसीब में नहीं है। वहीं शर्मिष्ठा अपने दिमाग में इक़रार के हज़ारों तरीके सोचती, और हर बार उसे ऋत्विक की नफरत का डर चुप करा देता।

रविवार आ गया। ऋत्विक का आखिरी दिन। जब सूरज डूबने लगा, वह अपनी आखिरी रिचुअल रन' के लिए निकला। पहाड़ की ठंडी हवा उसके बेचैन मन को सुकून दे रही थी। शर्मिष्ठा के लिए यह आखिरी मौका था। उसने अपनी शॉल ओढ़ी और व्यूप्वाइंट की तरफ दौड़ी।

वह वहीं था, मेढ़ पर दौड़ता हुआ एक अकेला साया, जो वापस अपने बीएनबी की ओर जा रहा था। उसने एक पल भी नहीं गंवाया और उसके पीछे भागने लगी।

"ऋत्विक!" उसने पुकारा, शाम के सन्नाटे में उसकी आवाज़ गूँज उठी।

वह रुका और मुड़ा। "शर्मिष्ठा? क्या हुआ? तुम यहाँ इस अंधेरे में क्यों हो?"

उसने लफ्ज़ों में जवाब नहीं दिया। उसने उनके बीच की दूरी मिटा दी, और सात साल के उस मलाल और अटूट प्यार के गुमार में उसे गले लगा लिया। उसने अपना चेहरा उसके सीने में छिपा लिया और उसे ज़ोर से जकड़ लिया।

"मैं तुमसे प्यार करती हूँ, ऋत्विक," उसकी आवाज़ उसके जैकेट में दब सी गई थी।

"मैंने जो किया उसके लिए मैं बहुत शर्मिंदा हूँ। मैं नासमझ थी, डरी हुई थी, बेवकूफ थी। पर मैं वादा करती हूँ, मैं तुम्हें फिर कभी छोड़कर नहीं जाऊँगी। हम अभी दादी के पास चलेंगे। मैं उन्हें बता दूँगी कि मैं तुमसे शादी करना चाहती हूँ। बस... बस प्लीज़ रुक जाओ।"

बांध टूट गया। सात साल का वह अनुशासन, वह इनकार और वे दबे हुए जज़्बात मोहब्बत के एक सैलाब में बह गए। ऋत्विक ने अपनी बाहें उसके इर्द-गिर्द कस लीं, उसे इतनी ज़ोर से थामा कि वह उसकी धड़कनें

महसूस कर सकता था। "मैं भी तुमसे प्यार करता हूँ," वह फुसफुसाया, उसकी आवाज़ जज्बातों से भारी थी। "पर मैं डरा हुआ हूँ। मुझे डर है कि तुम फिर से छोड़ दोगी। मैं फिर कभी उस तरह रोना नहीं चाहता।"

"नही", उसने थोड़ा पीछे हटकर उसकी आँखों में देखते हुए कहा। "मैं अब कहीं नहीं जा रही। मेरे साथ चलो। मैं अभी उन्हें सब बताती हूँ।"

जैसे ही उसने यह कहा, धुंधले आसमान से बर्फ का एक मुकम्मल कतरा गिरा और उसके गाल पर आकर ठहर गया। फिर एक और, और फिर हज़ारों। बर्फबारी शुरू हो गई थी। सात साल के लंबे इंतज़ार के बाद, तक़दीर का यह चक्र आखिरकार मुकम्मल था।

"और कभी-कभी, एक लंबी और बेरहम सर्दी के बाद, बर्फ का वह पहला कतरा किसी मौसम का अंत नहीं, बल्कि एक नई ज़िदगी का आगाज़ महसूस होता है।"

10

एक सुहाना ख्वाब

"कुछ प्रेम कहानियाँ सीधी लकीर जैसी नहीं होतीं, बल्कि वे टेढ़े -मेढ़े और घुमावदार रास्तों जैसी होती हैं, जो सालों के इंतज़ार और मीलों के सफर के बाद दो दिलों को वापस उसी इकलौते घर तक ले आती हैं जिसे वे जानते हैं: यानी एक-दूसरे तक।"

वह आलिंगन अपने आप में एक पूरी दुनिया था। एक लंबे, बेसाख्ता लम्हे के लिए वहाँ सिर्फ उसकी जैकेट का खुरदरापन था, शर्मिष्ठा के कान के नीचे धड़कता उसका दिल था, और खाल पर पिघलते बर्फ के कतरों का वह ठंडा एहसास था।

ऋत्विक के दिल में सात सालों से जमी बर्फ की वह परत अब पिघल चुकी थी—उसके इक़रार की तपिश और अपनी बाहों में मौजूद उस 'सच्चाई' से।

ऋत्विक थोड़ा पीछे हटा, उसके हाथों ने शर्मिष्ठा के चेहरे को थाम रखा था। उसने अपने अंगूठे से उसके गालों पर जमे आंसू और बर्फ के पानी को पोंछा।

"तुम सच में हो," वह फुसफुसाया, जैसे उसे अपनी आँखों पर यकीन न हो रहा हो।

"मैं सच में हूँ," उसने जवाब दिया, उसकी आवाज़ जज्बातों से भारी थी। "और अब मैं कहीं नहीं जा रही।"

बढ़ती हुई बर्फबारी से बचने के लिए उन्होंने उसके बीएनबी के ढके हुए बरामदे में शरण ली। लकड़ी की कुर्सियों पर एक-दूसरे के करीब बैठ गए और, जब बाहर की दुनिया बर्फ की सफेद चादर ओढ़कर खामोश हो चुकी थी, उन्होंने सात सालों की उस गहरी खाई को भरने का मुश्किल मगर ज़रूरी काम शुरू किया। उन्होंने अपने-अपने ज़ख्मों को एक-दूसरे के सामने रखा, जैसे अपने अतीत के साथ एक आखिरी सुलह कर रहे हों।

“मुझे दादी को बताना होगा,” शर्मिष्ठा ने आखिरकार मज़बूत आवाज़ में कहा।

“मुझे उन्हें सब कुछ बताना होगा। अभी। मेरे साथ चलो।”

उसके कॉटेज तक का वह सफर किसी सपने जैसा था, बर्फ से ढकी उस रात में सिर्फ उनके कदमों की आवाज़ सुनाई दे रही थी। जब वे पहुँचे, ऋत्विक लॉबी में एक नर्वस पहरेदार की तरह इंतज़ार करने लगा, जबकि शर्मिष्ठा अपनी दादी का सामना करने अंदर गई। वह टहलता रहा, उसका दिमाग एक प्रोजेक्टर की तरह उनकी कहानी के हर दुख और सुख को फिर से दोहरा रहा था। उसका वह आत्मविश्वास, जिसे उसने बड़ी मुश्किल से हासिल किया था, अब बर्फ की एक पतली चादर जैसा लग रहा था, जो कभी भी टूट सकती थी।

तभी दरवाज़ा खुला। शर्मिष्ठा वहाँ खड़ी थी, उसकी आँखें रोने की वजह से लाल थीं, लेकिन उसके चेहरे पर एक चमकती हुई मुस्कान थी —एक ऐसी मुस्कान जिसने ऋत्विक के दिल से डर के हर साये को मिटा दिया। दादी उसके पीछे खड़ी थीं, उनकी आँखों में एक लंबी ज़िंदगी का तजुर्बा और समझदारी थी।

"बेटा," उन्होंने साफ और मज़बूत आवाज़ में कहा। "लगता है मेरी पोती बहुत लंबे समय से तुमसे मोहब्बत करती है। यह बिल्कुल सही है कि तुम दोनों की शादी हो जाए।"

वह दुआ और आशीर्वाद, जो इतनी सादगी और गर्मजोशी से दिया गया था, ऋत्विक के सात साल पुराने ज़ख्म पर आखिरी मरहम साबित हुआ। उन्होंने उस बुज़ुर्ग महिला की गवाही के बीच, जिसने उनके मुस्तकबिल पर अपनी मुहर लगा दी थी, एक बार फिर एक-दूसरे को गले लगा लिया।

अब ऋत्विक की बारी थी। "शर्मिष्ठा," उसने एक नए संकल्प के साथ कहा। "तुम्हें मेरे साथ चलना होगा। मैं चाहता हूँ तुम मेरे माता-पिता से मिलो।"

अगले दिन, ऋत्विक ने अपना सामान पैक किया, लेकिन एक अकेले मुसाफिर की खामोशी के साथ नहीं, बल्कि एक ऐसे इंसान की ऊर्जा के साथ जो अपनी जीत का एलान करने घर लौट रहा हो।

शर्मिष्ठा और उसकी दादी ने उसे विदा किया। दादी ने उसे आशीर्वाद दिया, और शर्मिष्ठा ने एक बेहद गहरे और सादे अंदाज़ में उसके गाल को चूमा।

"सँभाल कर जाना," वह फुसफुसायी। वह निकल पड़ा, और उसकी बाइक की आवाज़ अब भागने की नहीं, बल्कि मंज़िल तक पहुँचने की धुन थी।

एक हफ्ते बाद, ऋत्विक का घर एक अजीब सी हलचल और घबराहट से भरा था। उसने अपने माता-पिता को सब सच बता दिया था, और अब वह लिविंग रूम में टहलता हुआ अपनी नज़रें दरवाज़े पर टिकाए इंतज़ार कर रहा था। आखिरकार डोरबेल बजी, एक ऐसी आवाज़ जो उसे उसकी नई ज़िंदगी की पुका र जैसी लगी।

वह वहाँ थी। एक नीली कुर्ती में, उसकी सादगी ही उसकी खूबसूरती का बयान दे रही थी। उसके बगल में उसकी दादी खड़ी थीं, जो परिवार और सम्मान का प्रतीक थीं।

उनका स्वागत मेहमानों की तरह नहीं, बल्कि परिवार की तरह किया गया। दो अलग दुनियाओं की उन बुज़ुर्ग म हिलाओं ने एक-दूसरे का स्वागत

उस गर्मजोशी से किया जिसे शब्दों की ज़रूरत नहीं थी। जल्द ही, दोनों परिवार साथ बैठे थे और उनके बीच भविष्य की योजनाओं की गुनगुनाहट शुरू हो गई।

ऋत्विक और शर्मिष्ठा बालकनी पर अकेले थे, जहाँ से वह मोहल्ला दिख रहा था जहाँ ऋत्विक पला-बढ़ा था।

उसका टूटा हुआ सपना अब ज़िंदा हो चुका था, उसकी कल्पना से कहीं ज़्यादा खूबसूरत।

"तुम्हें पता है," उसने शर्मिष्ठा की ओर मुड़ते हुए कहा, "हम चाहे जहाँ भी रहें, मेरा सफर हमें चाहे जहाँ भी ले जाए, हम हर सर्दियों में तुम्हारे उस पहाड़ वाले घर ज़रूर लौटेंगे।" यह उनके भविष्य को बुनते हुए उसके अतीत को सम्मान देने का एक वादा था।

शर्मिष्ठा का दिल भर आया। वह उसकी तरफ झुक गई और अपना सिर उसके कंधे पर टिका दिया—मुकम्मल भरोसे और सुकून के साथ।

तभी, बालकनी का दरवाज़ा खुला।

ऋत्विक का बड़ा भाई वहाँ खड़ा था। उनके पुराने दर्द का वह सख्त वास्तुकार, अब एक असली मुस्कान पहने हुए था।

उसने अपने भाई और शर्मिष्ठा को देखा, और उसकी आँखों में एक अनकही माफी साफ नज़र आ रही थी।

"तुम दोनों को बहुत-बहुत मुबारक," उसने गर्मजोशी से कहा। "मैंने परिवार से बात कर ली है। एक महीने में तुम दोनों की शादी होगी।"

इस बार यह कोई हुक्म नहीं था। यह एक दुआ थी , जश्न का एक वादा।

यह उनकी तकलीफों का अंत था और उनके साझा जीवन की एक आधिकारिक शुरुआत थी। सात साल पहले की वह रैंडम शाम आखिरकार उन्हें इस मुकम्मल और मुकद्दर वाली सुबह तक ले आई थी। यह एक 'हैप्पी एंडिग' थी।

यह उनका forever था।

"कभी-कभी एक कहानी को रुकना पड़ता है, इसलिए नहीं कि मोहब्बत खत्म हो गई है, बल्कि इसलिए कि किरदारों को वक्त चाहिए होता है ताकि वे अपनी कहानी के 'हैप्पी एंडिग' के नायक बन सकें।"

फिर से इश्क लिखते है

कही जाने अनजाने मिलते है
किस्मत के बहाने से
उन रिश्तों को नया नाम देंगे
जो कभी बेबसी की मार खा चुके हो
जिन्होंने कभी अश्कों को वजह दी थी
जिन्होंने कभी मेरी खुशियों को सजा दी थी
जिन्होंने खुद की खुशी के लिए हमे दार पर छोड़ दिया
खुदकुशी नहीं उन्होंने हसरतों का गला घोंट दिया
चलो फिर मिलकर रिश्ते में नया रंग भरते है
एक बार फिर नए सिरे से मुकम्मल इश्क लिखते है
चलो कही जाने अनजाने मिलते है।
कहा ....?
उन बेसाख्ता सड़क के उन केनारे पे,
जहां एक बेंच और हम हो ,
जहां दुनिया की कशिश से हम आजाद हो ,
हमारी दूरियां खत्म ,
और तुम मेरे पास हो ।
हम उस मोड पर मिलेंगे ,
जहां खोने का कोई सवाल
मुझे डरा न सके ,
उस इश्क के रकबे पे ,
जहां हम दोनों एक हो सके

क्यों..........?

हम फिर से कुछ लिखते है ,

एक नया रिश्ता ढंग से,

जिस रिश्ते को किस्मत ने चाहा हो,

एक ऐसा मोहब्बत का याराना लिखते है,

हम इश्क- शायराना लिखते है

चलो संविधान इश्क़ सुहाना लिखते है।

- संविधान

इश्क़ छिपाने वाली लड़की है

वो गुनगुनाने वाली लड़की है,
वो राग सजाने वाली लड़की है,
है उसके सज़दे सारे सरगम,
वो स्वरों की शहजादी , इश्क़ छिपाने वाली लड़की है।
वो नज़्म, मेहर, तरन्नुम, छंद, बिंदी, काफिया, रदीफ़,
उसके लफ्जों में सज़दे- ए – सुर्ख कर रहे है,
वो अंतरे, अहलाब, हरकते, क़ुर्बत – ए – वान है,
उसके दायरे से जो लाइन भटक गई है,
मानो मायूसी में अटक गई है।
सच कहूं मुझे इश्क – ए – हिदायत बताने वाली लड़की है,
वो गुनगुना कर गाने को जन्नत बनाने वाली लड़की है,
हा संविधान वो किसी सह की शहजादी इश्क़ छिपाने वाली
लड़की है।

- संविधान

यह मेरे जीवन के सबसे अनमोल
और एकमात्र प्यार के लिए है ॥

अंकित पाल

"अंकित पाल, जिनका पेन नेम 'संविधान' है, उन्होंने फ़तेहपुर के आर.वी.एस. इंटरनेशनल स्कूल से अपनी 10वी और 12वि की शिक्षा प्राप्त की। उनके इंग्लिश टीचर मोहम्मद राहत अली ने उन्हें कहानियाँ महसूस करना सिखाया। 'मर्चेंट ऑफ वेनिस' ,विलियम शेक्सपियर का प्रमुख नाटक और राहत सर ने उनको लिखने का ढंग सिखाया। उन्हें लोगो को सुनना और उनसे सीखना बहुत पसंद है। लखनऊ के अदब और तहज़ीब ने उन्हें लिखने का सलीका दिया। आज वे लखनऊ यूनिवर्सिटी के बी.ए.एल.एल.बी. के छात्र हैं।
'एहसास' नामक सहयोगी समूह का हिस्सा, संविधान ने इस पुस्तक में अपनी शायरी के ज़रिए लोगों की कहानियाँ, उनकी तहज़ीब और एहसासों को पिरोया है।"

यश वर्धन सिह

"यश वर्धन सिह" ने अपनी प्रारंभिक शिक्षा फतेहपुर के सेंट मेरिस स्कूल से प्राप्त की है | लेखन में उनका रुझान स्कूल के दिनों से ही है| आठवीं और दसवीं कक्षा में उन्हें हिदी लेखन के लिए मेडल भी प्राप्त हुआ था |
इसके अलावा आई आई टी गुवाहाटी से डाटा साइंस का कोर्स भी कर चुके है|
"एहसास" नमक सहयोगी समूह का हिस्सा है और इस पुस्तक में अपना महत्वपूर्ण योगदान दिया है |

रितीश पाल

"रितीश पाल", जिन्हें स्नेहपूर्वक " रिशु" के नाम से जाना जाता है, उन्होंने ने अपनी प्रारंभिक शिक्षा फतेहपुर के आर.वी.एस. इंटरनेशनल स्कूल से प्राप्त की। लेखन के प्रति उनका रुझान ग्यारहवीं कक्षा से ही स्पष्ट होने लगा था।
वर्तमान में "रिशु "केवल कहानियाँ ही नहीं लिखते, बल्कि कंटें ट क्रिएशन और स्क्रिप्ट लेखन के क्षेत्र में भी सक्रिय हैं।

"एहसास" नामक सहयोगी समूह का हिस्सा है और इस पुस्तक में 'रिशु' ने अपने विचारों और संवेदनाओं के जरिए लोगों की अनकही कहानियों और गहरे एहसासों को शब्दों में पिरोने का प्रयास किया है।

www.ingramcontent.com/pod-product-compliance
Lightning Source LLC
LaVergne TN
LVHW100559051026
849519LV00003B/1025
* 9 7 8 9 3 7 3 4 9 2 5 2 0 *